버지니아 울프 Virginia Woolf, 1882~1941

20세기 천재적인 문학가로 꼽힌다. 역작에 《댈러웨이 부인》1925, 《등대로》1927, 《올랜도》1928, 《자기만의 방》1929, 《파도》1931 등이 있다. 페미니스트이자 핵심적인 모더니스트로 블룸즈버리 그룹의 주요 멤버였으며 남편 레너드 울프와 출판사 '호가스 프레스'를 설립해서 운영했다. 《아픈 것에 관하여》는 1925년 신경 쇠약을 경험한 직후 침대에서 쓴 에세이로 1930년에 작가가 직접 조판한 250부를 호가스 프레스에서 출간했다.

줄리아 스티븐 Julia Stephen, 1846~1895

버지니아 울프의 어머니로 잉글랜드에서 당시 문학 및 예술계의 본거지였던 두 이모의 집들을 자주 방문하며 그곳을 찾은 화가들, 작가들, 철학자들 속에서 성장했다. 저명한 사진작가인 이모 줄리아 마거릿 카메론이 가장 좋아하는 모델이기도 했다. 1878년 레슬리 스티븐과 재혼해 버지니아를 포함한 사남매를 낳았으며 성인이 된 후 내내 숙련된 간병인 역할을 했고 그 경험을 바탕으로 1883년 《병실 노트》를 출간했다.

아픈 것에 관하여

병실 노트

On Being Ill

by
Virginia Woolf

Notes From Sick Rooms

by
Julia Stephen

아픈 것에 관하여
병실 노트

버지니아 울프 · 줄리아 스티븐

공경희 옮김

두시의나무

- 이 책은 Paris Press가 2002년 출간한 버지니아 울프의 《아픈 것에 관하여On Being Ill》에 줄리아 스티븐의 《병실 노트Notes From Sick Rooms》를 추가로 실은 10주년 기념판을 번역한 것입니다. 《아픈 것에 관하여》는 The Hogarth Press의 1930년 판본이며 《병실 노트》는 Smith, Elder & Co.의 1883년 초판본입니다.

- 원문에 이탤릭체로 쓰인 작품은 《　》로, "　"로 쓰인 작품은 〈　〉로 표기했으며, 이 중 정기간행물의 경우에는 「　」로 표기했습니다.

- 외래어 표기는 국립국어원 외래어표기법을 최대한 따르고 경우에 따라 주로 사용되는 표기를 사용했습니다.

- 각주는 옮긴이 주입니다.

옮기고 나서

공경희

어머니와 딸. 듣기만 해도 코끝이 찡해지는 관계다. 너무 좋은 사이여도, 혹은 감정의 골이 깊은 사이라 해도 가슴 저릿한 관계라는 것은 태초부터 현재까지 마찬가지 일 것이다. 이 책은 질병을 문학적 관점에서 조명한 에세이 《아픈 것에 관하여On Being Ill》와 간병하는 방법을 다룬 글 《병실 노트Notes From Sick Rooms》를 한 권에 담은 책이지만, 죽음 너머로 어머니와 딸이 주고받는 이야기로 읽히기도 한다.

여기 한 어머니가 있다. 이름은 줄리아 스티븐. 허버 트 더크워스와 결혼해 삼남매를 낳아 키우다가 남편이 죽 고, 아내와 사별한 레슬리 스티븐과 재혼했다. 재혼 부부 사이에 사남매가 태어났고, 문학계의 거물인 남편과 뛰어 난 미모에 희생적인 자선활동으로 유명한 아내는 빅토리아 시대의 이상적인 가정을 이루었다. 줄리아는 간병에 일가 견이 있어서 친지들의 간병을 도맡았고, 그러면서 터득한 간병 요령을 다룬 에세이 《병실 노트》를 집필했다. 《병실 노트》에는 19세기 가정에서 환자를 보살피는 요령들이 세세히 나와 있다. 줄리아는 병자가 불편하지 않도록 침구를 정리하는 법, 목욕시킬 때 옷을 벗기는 순서, 음식, 간병인이 유의해야 할 사항들, 심지어 환자가 사망한 후 간병인의 처신까지 일일이 설명한다. 한 세기가 훨씬 지난 지금 어머니를 간병해야 하는 나는 이 글에서 환자를 이해하고 보살피는 태도와 방법을 배울 수 있었다. 의료 처치법은 크게 변했지만, 병자를 대하는 마음가짐이야말로 줄리아가 사람들에게 알려주고 싶었던 부분이라는 생각이 든다. 긴 세월이 지나도 변하지 않는 점이며, 이것이 오늘의 우리에게 이 글이 전하는 의미다.

여기 한 딸이 있다. 이름은 버지니아 울프. 레슬리와 줄리아 사이에서 태어난 사남매 중 셋째로, 페미니즘 시각으로 다룬 문학비평과 소설로 20세기 영국의 주목받는 작가가 되었다. 줄리아는 곤란에 처한 이들을 보살피고 병자들을 간병하느라 집을 비우기 일쑤였고, 자녀들은 어머니의 빈자리로 인해 사랑을 갈구했다. 버지니아는 열세 살 때 어머니를 여의고 최초로 정신 이상 상태를 보였고, 의붓오

빠에게 당한 성적 학대와 극도로 예민한 기질이 더해져 심한 우울 질환을 앓고 수차례의 자살 시도 끝에 결국 자살로 생을 마감했다. 평생 지독히 앓았던 그녀는 그 경험과 현실을 문학비평가의 시각으로 통찰해서 병을 앓는 것에 내포된 의미를《아픈 것에 관하여》에 풀어냈다.

아이러니라는 생각이 든다. 줄리아는 많은 이들을 보살피고 간병에 관련된 지침서를 남겼지만 세상을 떠나는 바람에 평생 몸과 마음을 앓은 딸을 간병하지 못했다. 그러나 버지니아는 깊은 우울 질환에 시달리면서도, 영민한 눈으로 세상과 문학과 여성들과 자신을 통찰해 중요한 작품들을 남겼다. 줄리아가 실제로 버지니아를 간호할 수는 없었지만《병실 노트》로 간호하고 어루만져준 것은 아닐까. 버지니아는 세상을 떠난 어머니와 대화할 수 없었지만《아픈 것에 관하여》를 통해 삶과 육신의 아픔에 대해, 병치레를 하면서 얻는 것들에 대해 이야기한 것은 아닐까. 죽음 너머로 따뜻한 손길과 생각을 건넬 수 있는 것, 이것이 글이 가진 힘이고 이 책을 읽어야 할 이유다. 어머니와 딸이 한 세기를 훌쩍 넘는 시간을 지나 이 책에서 만났다.

차
례

편집자의 말

잰 프리먼

패리스 프레스Paris Press는 큰 자부심을 안고《아픈 것에 관하여》의 10주년 판본을 1883년 첫 출간된 줄리아 스티븐의《병실 노트》와 합본해서 출간한다. 이 책에 모녀의 목소리를 함께 담다니 정말 황홀하다. 글은 환자(버지니아)와 간병인(줄리아)이 글로 나누는 특별한 대화를 보여주며, 잘 알려지지 않은 줄리아 스티븐의 글을 통해 버지니아 울프의 저작과 생애를 새롭게 이해시킨다. 흔한 병치레를 깊은 그늘 속으로 떠미는 세상에서 질병이 가져오는 효과를 독특하게 다룬 버지니아 울프의 에세이를 함께 실음으로써 간병인들과 의료 종사자들에게 유용한 지침을 제공한다.

서로 다른 두 편의 글을 나란히 읽노라면, 버지니아도 줄리아도 글을 쓰면서 상상하지 못했을 유사성이 느껴진다.《아픈 것에 관하여》와《병실 노트》의 주제와 문체는 묘하게 외모가 닮은 가족 같은 비슷함을 보인다. 두 글의 유사성은 버지니아 울프가 글에서 표현하는 어머니를 향한 갈망의 원천을 암시하기도 한다.

헤르미온 리가 쓴《아픈 것에 관하여》소개글은 버지니아 울프의 삶과 작품을 독창적이고 광범위하게 전하며 우리 마음을 울린다. 마크 햇세의《병실 노트》소개글은 줄리아와 비지니아가 경험한 질병의 세계를 심오하게 관찰한 내용으로, 줄리아 스티븐의 삶과 글의 맥락에서 버지니아 울프와 그녀의 글들과《아픈 것에 관하여》를 조명한다. 이 책의 마지막에는 리타 샤론의 맺는말을 실었다. 리타는 의사, 학자이자 콜롬비아 대학교 서사의학 프로그램의 설립자 겸 관리자다. 이 책은 끝에서부터 재미있게 읽어도 좋고, 여기 시작부터 읽어도 된다. 맺는말은《아픈 것에 관하여》와《병실 노트》의 요지를 구체화하고, 이 두 글을 환자와 의료진의 폭넓은 경험의 반영으로만이 아니라 문학 작품으로 리뷰한다.

패리스 프레스는 장기간 방치된 에세이의 출판을 승낙한 '버지니아 울프 자산Estate of Virginia Woolf'과 '작가협회Society of Authors'에 깊이 감사드린다. 두 글의 편집을 돕고, 영감 넘치는 대화로《아픈 것에 관하여》의 초판을 검토하게 해준 카렌 쿠킬에게 고마움을 전한다. 이 책의 출판을 가능하게 한 마크 컴라스, 에바 쇼켄, 마저리 애덤스, 에밀리 부이치크, 한스 틴스마, 앤 라이비, 얀로리 골드만, 린다 바이데만, 매사추세츠 문화협회, 후원자들, 인턴들, 자원봉사자들, 어시스턴트들에게 감사드린다. 특히《아픈 것에 관하여》의 한정판을 활판 인쇄하고 수제본한 마이클 러셈과 클라우디아 코헨, 그리고 스미스 칼리지의 모티머 희귀본실에 감사의 인사를 전한다.

마크 핫세 덕분에 줄리아 스티븐의《병실 노트》를 알게 되었고, 패리스 프레스가 이 글을 새 판본에 실어야 한다고 강력히 추천한 얀로리 골드만에게 우리는 큰 신세를 졌다. 이번 판본 작업에 도움을 준 헤르미온 리, 마크 핫세, 리타 샤론에게도 감사드린다.

처음《아픈 것에 관하여》를 읽으면서 개인적으로 정곡을 찔린 기분이었다. 이후 몇 달간 나도 모르게 급성질환자들은 물론 만성질환자들과도 다양한 대화를 나누었다.《병실 노트》를 읽은 후에도 마찬가지였다. 줄리아 스티븐의 유용하고 상세한 간병 기술은 중증 환자들을 방문했을 때 큰 도움이 되었다. 다만 19세기 말의 정보가 포함된 '음식'과 '치료법' 부분은 예외로 오늘날 시도해서는 '안 되는'

내용이다.

　패리스 프레스는 이 10주년 판본을 엘레노어 라자루스에게 헌정한다. 나와 패리스 프레스는 어머니 줄리아 스티븐의 간병 지침과 더불어 버지니아 울프의 예리한 관찰 기록이 "직립 부대the army of the upright"*가 건강하게 행진하는 사이 병이 주는 변화를 겪고 있는 사람들에게 위로와 긍정적인 마음을 선사하기를 간절히 바란다.

---

*　누워 지내는 환자들에게 건강한 보행자들이 똑바로 서서 걷는 집단으로 보인다는 버지니아 울프의 표현.

1부

On Being Ill

by
Virginia Woolf

아픈 것에 관하여

버지니아 울프

버지니아 울프, 1902년.

질병이 얼마나 흔한지, 얼마나 엄청나게 정신을 변하
게 하는지, 건강의 빛이 지면 얼마나 놀랍게 미지의 세상이
열리는지, 인플루엔자의 공격을 살짝 받아도 어떤 영혼의
황무지와 사막이 보이는지, 체온이 조금 오르면 어떤 벼랑
과 화사한 꽃 만발한 초지가 보이는지, 병치레로 인해 우리
안에서 어떤 뚝심 있는 참나무 고목이 뽑혀 나가는지, 치
과 의자에서 치아를 빼고 정신을 차린 뒤 "입 헹구세요. 입
을 헹구시죠"라는 말을 천국의 바닥에서 신이 몸을 굽혀 환
대하는 소리로 착각할 때는 우리가 어떻게 사망의 구덩이
에 빠져 소멸의 물이 머리 위로 차오른다고 느끼다가 천사
들과 하프 연주자들 앞에 있는 기분으로 깨어나는지를 고
려해보자. 이런 생각은 자주 할 수밖에 없어서, 이런 생각
을 해보면 사랑, 전쟁, 질투 같은 문학의 굵직한 주제들 속
에 왜 질병의 자리는 없는지 진짜 이상해진다. 혹자는 인플
루엔자를 다룬 소설들, 장티푸스를 다룬 서사시들, 폐렴을
다룬 송가들, 치통을 다룬 서정시들이 있다고 생각했을 것
이다. 하지만 아니다. 몇 가지 예외—드 퀸시*가《어느 영

국인 아편쟁이의 고백Confessions of an English Opium-Eater》에서 그 비슷한 시도를 한 것, 프루스트가 작품 한두 편에서 질병을 다룬 것—를 제외하면 문학은 최선을 다해 정신에 관심을 둔다. 육체는 영혼이 곧장 명확하게 들여다보이는 판유리에 불과하며, 욕망과 탐욕 같은 한두 가지 격정을 제외하면 아무것도 없고, 무시해도 될 정도로 존재하지 않는 것이라고 말이다. 그런데 사실은 이와 정반대다. 하루 종일, 밤새도록 육신이 끼어들어 둔해지거나 날카로워지고, 안색이 짙어지거나 흐릿해지고, 6월의 온기 속에서 흐물흐물해지거나 2월의 어둠 속에서 굳어버린다. 내면의 존재는 유리창—얼룩졌거나 장밋빛인—을 통해서만 바라볼 수 있다. 그것은 순식간에 칼집에서 칼이 빠지듯, 콩깍지에서 콩이 나오듯 몸에서 분리될 수 없다. 변화들, 열기와 한기, 편안과 불편, 허기와 포만, 건강과 질병의 끝나지 않는 과정을 거쳐야 한다. 그러다 마침내 피치 못할 재앙이 닥치고, 육체가 뭉개져 산산조각 나고 영혼이 (흔히 말하길) 빠져나간다. 하지만 매일 육체가 겪는 드라마에 대한 기록은 없다.

* 토머스 드 퀸시Thomas De Quincey. 19세기 수필가이자 비평가.

사람들은 늘 정신의 활동, 거기에 다가드는 생각들, 정신의
숭고한 계획들, 정신이 어떻게 우주를 교화하는지에만 신
경 쓴다. 정신이 철학자의 포탑에서 육체를 무시하는 것을
보여준다. 혹은 결과나 발견을 도모해서 육체를 가죽 축구
공처럼 눈밭과 사막 위로 걷어차는 것을 보여준다. 침실에
서 열이나 우울의 공격에 맞서 육체가 이 육체를 노예로 삼
은 정신과 벌이는 대규모 전쟁들은 무시된다. 그 이유를 찾
으려고 하지도 않는다. 이런 것들을 정면으로 응시하려면
사자 조련사의 용기가, 탄탄한 철학이, 대지의 중심에 뿌리
내린 이성이 필요할 것이다. 이것들이 부족하니 이 괴물인
육체, 이 기적인 육체적 통증은 곧 우리를 신비주의에 빠져
들거나, 급한 날갯짓과 함께 공상의 황홀 속으로 날아오르
게 할 것이다. 대중은 독감을 다룬 소설은 플롯이 결여됐다
고 말하고 그 안에 사랑이 없다고 투덜대겠지만 틀린 말이
다. 질병은 자주 사랑으로 위장해 똑같이 이상한 술수를 부
리니까. 어떤 얼굴들에 성스러움을 입혀서, 우리를 몇 시간
이고 귀를 세우고 계단이 삐걱대는 소리를 기다리게 만든
다. 또 떠난 이들의 얼굴(천국이 알겠지만 건강할 때도 수수한)
에 새로운 의미를 부여한다. 반면 정신은 무수한 전설과 로

맨스를 지어낸다. 상대는 건강할 때는 그럴 시간도 없고 취
향에 맞지 않는 사람들이다. 결국 문학에서 질병 묘사를 막
는 것은 빈곤한 언어다. 햄릿의 생각과 리어 왕의 비극을
표현할 수 있는 영어이건만 오한과 두통에 적합한 어휘는
없다. 진부 한쪽으로 치우친다. 어린 여학생이 사랑에 빠
지면 마음을 대변해줄 셰익스피어나 키츠가 있다. 하지만
환자가 의사에게 머릿속 통증을 묘사하려고 하면 곧 언어
가 말라버린다. 그를 위해 준비된 표현이 없다. 직접 어휘
를 만들어야 하는데, 한 손에는 통증을, 다른 손에는 순수
한 소리 덩어리를 들고 (아마도 태초에 바벨 사람들이 그랬듯이)
둘을 짓누르면 결국 새 어휘가 툭 떨어진다. 어쩌면 웃음이
나올 일일 것이다. 어떤 영국인이 언어를 만들 자유를 누릴
수 있을까? 우리에게 그것은 신성한 일이다. 그러니 기질
적으로 영국인들보다 맘 편히 새 언어를 만드는 미국인 천
재들이 도우러 와서 우물을 파지 않으면, 우리는 죽을 수밖
에 없다. 하지만 더 원시적이고 관능적이고 저속한 새 언어
뿐 아니라 새로운 감정들의 위계도 우리에게 필요하다. 사
랑은 체온 40도에 물러나야 하고, 질투는 좌골신경통에 양
보해야 한다. 불면증은 악당 역할을 하고, 영웅은 달콤한

흰 액체가 된다—나방의 눈과 털 난 발을 가진 강력한 황
태자의 이름들 중 하나는 클로랄$_{chloral}$*이다.

하지만 병자에게 돌아가자. "나는 독감에 걸려 침대에
누워 있다"—하지만 그게 어떤 대단한 경험을 전달할까.
세상이 그 형태를 어떻게 변화시켰을까. 사업 수단들은 멀
어지고 축제 소리는 먼 들판 너머에서 들리는 회전목마 소
리처럼 낭만적이 된다. 친구들은 변해서 몇몇은 묘하게 미
인의 얼굴이 되고 다른 이들은 땅딸한 두꺼비가 된 반면, 인
생의 전체 풍경은 먼 바다에 나간 배에서 보는 해안처럼 멀
리 멋있게 펼쳐진다. 그리고 그는 이제 정상에서 의기양양
하고 인간이나 신의 도움이 필요치 않으며, 바닥에 반듯이
누워 가정부의 발길질을 반긴다. 이런 경험은 전달할 수가
없고 말 못하는 일들이 항시 그렇듯 그의 고통은 친구들의
마음속에 지난 2월 슬퍼하는 이 없이 지나간 '그들 자신의'
독감, '그들 자신의' 아픔과 통증을 연상시켜 이제야 그들
은 필사적으로, 떠들썩하게 신의 동정 어린 구원을 외친다.

하지만 우리는 동정을 얻지 못한다. '가장 현명한 운

*   최면과 진정 효과가 있는 물질.

명의 여신'이 안 된다고 말한다. 이미 슬픔을 간직한 운명의 자녀들이 그 짐을 받아, 상상 속에서 기존의 고통을 더한다면 건물들은 올라가기를 멈추고, 도로들은 점점 좁아져서 풀 투성이 통로로 전락하고, 음악과 그림도 끝날 것이다. 한 번의 큰 한숨이 천국으로 올라가고 인간들은 공포와 절망만 느낄 것이다. 그런 까닭으로 늘 살짝 한눈팔 대상이 있다. 병원 구석에서 오르간 연주자가 연주를 하고, 책과 장신구를 파는 상점이 있어 감옥이나 구빈원을 지나치도록 유인하며, 생뚱맞게도 고양이나 개가 있어 늙은 거지의 알 수 없는 비참함이 너절한 고통의 책으로 바뀌는 것을 막는다. 그래서 그 아픔과 훈련의 막사들, 그 말라붙은 슬픔의 상징들이 우리에게 큰 노력을 당부하는 동정은 어렵사리 다음번으로 발을 끌며 물러난다. 요즘 동정은 주로 낙오자들과 실패자들, 여성들이 베푼다(이들에게는 쓸모없는 것이 무질서와 새로움과 이상하게 공존한다). 환상적이고 득 없는 나들이에 쏟을 시간이 있는 사람들이다. 예컨대 C. L.은 퀴퀴한 병실의 난롯가에 앉아 진지하면서도 상상력을 발휘해 탁아실 난로망, 빵 덩이, 등잔, 거리의 배럴 오르간, 앞치마와 엉뚱한 짓에 대한 단순한 노파들의 이야기를 짓는다. 경

솔하고도 마음 넓은 A. R.은 위로해줄 큰 거북이나 기운을
북돋울 테오르보*가 필요하다고 하면 런던 시장을 다 뒤져
하루가 가기 전에 종이에 싼 꾸러미를 내밀 것이다. 경박
한 K. T.는 왕과 왕비의 연회에라도 가는 듯이 비단과 깃
털로 된 옷을 입고 분칠하고 화장한 모습으로(이것도 시간이
걸린다) 칙칙한 병실에서 자신의 모든 빛을 소비하고, 수다
와 흉내로 약병들을 울리고 불꽃을 치솟게 한다. 하지만 그
런 헛짓은 때가 있고, 문명은 다른 목표를 가리킨다. 그러
니 어디 거북이와 테오르보의 자리가 있을까?

　질병에 아이 같은 솔직함이 있다고 고백해보자(병은 대
단히 고백적이니). 이런저런 말을 하고, 건강할 때는 체면 때
문에 신중하게 감추던 진실을 툭 내뱉는다. 동정을 예로
들자면 우리는 동정 없이도 살 수 있다. 세상이 모든 신음
에 동정하기 마련이라는 환상, 인간이 공동의 욕구와 두려
움으로 엮여 한쪽을 움찔하면 다른 쪽이 홱 움직인다는 것
은 망상이다. 내가 이상한 경험을 하면 남들도 똑같이 그

---

*　17~18세기에 주요 유럽 국가에서 인기였던 거문고 비슷한 현악
　기로 대형 류트의 일종.

러리라는 것도, 내가 마음속으로 아무리 멀리 여행을 떠난들 누군가가 먼저 다녀갔으리라는 것도 다 망상이다. 우리는 타인의 영혼은커녕 자기 영혼도 모른다. 인간들은 먼 길을 손잡고 걷지 않는다. 각자에게는 원시림이 있고, 새들의 발자국도 찍히지 않는 눈밭이 있다. 여기서 우리는 혼자 가고 그게 더 나은 듯하다. 항상 동정을 받으면, 항상 동반자가 있으면, 항상 이해받으면 견디기 힘들 것이다. 하지만 건강하다면 가식적인 친절을 베풀어야 하고 새롭게 노력할 일들이 있다—소통하고, 태도를 세련되게 하고, 함께 쓰고, 사막을 경작하고, 원주민을 교육하고, 자랑스럽게 보이기 위해 밤낮없이 같이 일해야 한다. 아프면 이런 가식은 중단된다. 당장 침대를 요구하거나, 의자에서 쿠션들 사이에 깊이 파묻혀 앉아 발을 바닥에서 들어올린다. 우리는 직립 부대원 노릇을 그만두고 탈영병이 된다. 직립 부대원들은 전쟁터로 행군한다. 우리는 막대기에 매달려 냇물에 떠내려간다. 낙엽이 뒹구는 풀밭, 아마도 수년간 처음으로 부담 없이 무심하게 주위를 둘러보고 위를—예를 들어 하늘을—올려다본다.

그 독특한 광경의 첫인상이 묘하게 압도적이다. 보통

은 하늘을 올려다보고 있을 수가 없다. 공공장소에서 하늘을 보는 사람은 보행자들을 방해하고 혼란스럽게 한다. 눈에 보이는 풍경은 굴뚝들과 교회들로 망가지고, 사람에게 배경 구실을 하며 궂거나 화창한 날씨를 보여주고, 창문을 금빛으로 물들이고, 나뭇가지 사이로 쏟아져 가을 광장에선 초라한 가을 플라타너스의 애수를 완성시킨다. 이제 누워서 올려다보면 하늘은 이것과 전혀 달라서 좀 충격적이다. 이제껏 이걸 모르고 지냈다니! 끝없이 형상들이 만들어져 쏟아지고, 구름들이 부딪혀 거대하게 꼬리를 문 선박들과 짐마차들이 북녘에서 남녘으로 간다. 끝없이 빛과 그림자의 장막들이 위아래로 펄럭이고, 금빛 기둥들과 푸른 그림자들이 태양을 가렸다가 드러내고 바위 성벽을 지었다 부수며 부단히 실험한다. 이 끝없는 천상의 활동은 수백만 마력馬力의 에너지를 낭비하면서 매년 그 바람대로 움직여왔다. 이 사실은 논평과 실은 비난을 요구하는 듯하다. 누군가가 「더 타임스The Times」에 기고해야 하지 않을까? 그걸 이용해야 할 것이다. 이 웅장한 영화가 빈집에서 영원히 상영되게 두면 안 된다. 하지만 좀 더 오래 지켜보면 다른 감정이 이런 시민의 열정을 잠식한다. 그것은 지독히 아

름답지만 지독히 무정하다. 무한한 자원이 인간의 쾌락이
나 이익과 무관한 목적으로 쓰인다. 우리가 엎드려 가만히
있어도, 여전히 하늘은 파랑과 금빛으로 실험을 할 것이다.
아마 그때 아주 작고 가깝고 익숙한 것을 내려다보면, 동정
을 발견할 것이다. 장미를 살펴보자. 우리는 화병에서 피는
장미를 자주 보고, 절정기의 아름다움과 연결 짓기 일쑤다.
그래서 장미가 오후 내내 땅에서 얼마나 고요하고 안정적
으로 서 있는지 잊었다. 장미는 완벽한 기품과 태연자약함
을 지킨다. 풍성한 꽃잎은 더할 나위 없이 적절하다. 이제
아마도 하나가 일부러 넘어진다. 모든 꽃송이, 관능적인 자
줏빛, 밀랍 같은 속살에 앵두즙 한 스푼을 뿌린 크림색. 글
라디올러스. 달리아. 성스러운 교회의 백합화. 살굿빛과 호
박색이 도는 깔끔한 색지 같은 꽃들이 산들바람이 부는 쪽
으로 가만히 고개를 숙인다. 무거운 해바라기만 빼고 모두.
해바라기는 한낮에는 태양을 당당하게 인정하고, 아마도
한밤에는 달을 퇴짜 놓을 것이다. 거기 꽃들이 서 있고, 인
간이 곁에 두는 것은 가장 얌전하고 가장 충만한 꽃들이다.
이 꽃들은 인간의 열정을 상징하고, 축제를 수놓고, 망자
의 베개에 (마치 슬픔을 아는 듯이) 놓인다. 멋진 말이지만 시

인들은 자연에서 종교를 발견했고, 사람들은 식물에서 미덕을 배우기 위해 시골에서 산다. 식물이 위안이 되는 것은 그 태연자약함 때문이다. 인적 없는 마음의 설원을 구름이 찾아오고, 떨어지는 꽃잎이 입 맞춘다. 마찬가지로 다른 세상에서 사상이 아닌 망각으로 우리를 위로하는 것은 밀턴*과 포프** 같은 위대한 예술가들이다.

한편 하늘에 무관심하거나 꽃을 무시해도 직립 부대는 개미떼나 벌떼 같은 영웅심을 안고 전쟁터로 행군한다. 존스 부인은 기차에 탄다. 스미스 씨는 차를 수리한다. 목동은 소떼를 몰고 와서 젖을 짠다. 남자들은 지붕에 짚단을 얹는다. 개들은 왈왈 짖는다. 떼까마귀가 그물처럼 솟아오르다가 느릅나무들 위로 내려앉는다. 인생의 파도가 지치지 않고 몸을 던진다. 누워 지내는 이들만 자연이 숨기려 애쓰지 않는 것을 안다. 결국 자연이 정복한다는 것을, 더위가 세상을 저버리리라는 것을, 서리가 뻣뻣하게 얼면 우리가 들녘을 돌아다니는 걸 멈추리라는 것을, 공장과 엔진

---

* 존 밀턴John Milton. 《실낙원》을 쓴 영국의 대문호.

** 알렉산더 포프Alexander Pope. 〈인간론〉 등을 썼고 영국에서 가장 많이 인용되는 시인.

에 얼음이 두껍게 낀다는 것을, 해가 지리라는 것을. 그렇더라도, 땅 전체가 빙판이 되어 미끄러울 때도 넘실대고 울룩불룩한 지면이 오래된 정원의 끄트머리를 표시할 것이다. 그리고 거기서 별빛 속으로 꿋꿋이 고개를 내밀고 장미가 꽃피우고 크로거스가 타오를 것이다. 하지만 여전히 우리 안에 인생의 덫이 있으니 몸부림쳐야 한다. 번들대는 흙더미 속에서 평온하게 뻣뻣해질 수는 없다. 누워 지내는 이들도 발가락 동상을 상상하는 것만으로도 벌떡 일어나, 만인의 소망인 천국, 영원을 얻으려고 팔을 뻗는다. 물론 인간들은 어느 시대나 소망해왔기에 뭔가 존재하기를 바랄 것이다. 거기에 발을 딛지 못하더라도 마음을 쉴 푸른 섬이 있을 것이다. 분명히 인류의 협동적인 상상이 분명한 윤곽을 그렸을 것이다. 하지만 아니다. 누군가가 「모닝 포스트Morning Post」를 펼쳐서 천국에 있는 리치필드 주교 관련 글을 읽는다. 누군가가 떠들썩한 사원으로 몰려드는 광경을 본다. 을씨년스러운 날 들판이 비에 젖었지만 사원에서는 등잔들이 타오르고 종이 울린다. 밖에서 가을 낙엽이 밀려다니고 바람이 한숨을 쉬어도, 소망과 바람이 내면에서 믿음과 확신으로 바뀐다. 그들이 평온해 보이는가? 눈

에 커다란 확신의 빛이 넘실대는가? 그중 한 명이 비치 헤
드Beachy Head*에서 뛰어내려 천국으로 직행할까? 멍청이나
그런 질문들을 던지리라. 작은 신자 무리가 꾸물대고 느릿
느릿 걷다가 흩어진다. 어머니는 지치고 아버지는 피곤하
다. 그들은 천국을 상상할 짬이 없다. 천국 만들기는 시인
들의 상상에 맡겨야 한다. 그들의 도움이 없으면 우리는 실
없는 소리밖에 못 한다. 천국에 있는 피프스**를 상상하고,
백리향 밭에서 유명인들과 하는 간단한 인터뷰의 윤곽을
예상하다가, 곧 지옥에서 지내는 친구들에 대해 수다를 떤
다. 그보다 나쁘게도 환생해서 거듭 살기를 선택한 이들도
있다. 선택은 무해하니, 지금은 남자로, 지금은 여자로, 선
장이나 궁녀로, 황제나 농부의 아내로, 화려한 도시들과 외
진 황무지에서, 페리클레스나 아서 왕, 샤를마뉴 대제, 조
지 4세의 시대를 선택해서 어릴 때 주위에 맴돌며 싹을 틔
운 인생들을 살고 또 살다 결국 '내가' 그것들을 없애고 만
다. 하지만 '내가' 바꿀 수 있다 한들 천국까지 빼앗아서,

---

*   미국의 유명한 자살 절벽.
**   새뮤얼 피프스Samuel Pepys. 영국의 해군대신이 된 문관. 17세기 국
        난 시대를 쓴 일기로 유명함.

여기서 영원히 윌리엄이나 앨리스로 남기 위해 윌리엄이나 앨리스 역할을 해온 우리를 벌주진 않을 것이다. 혼자 생각하면 이렇게 세속적으로 사고한다. 우리 대신 상상해줄 시인들이 필요하다. 계관시인의 직무에 천국을 만드는 의무를 부가해야 한다.

사실 우리가 의지하는 것은 시인들이다. 질병은 산문이 요하는 장기전에 싫증나게 한다. 장에서 다음 장으로 넘어가는 사이 우리는 모든 능력을 지휘하며 이성과 판단력과 기억력을 유지할 수가 없다. 또 자리를 잡으면, 전체 구조—아치, 탑, 총안銃眼이 뚫린 흉벽—가 기반 위에 굳건하게 세워질 때까지 다음에 올 장면에 유의해야 한다. 《로마제국 쇠망사The History of the Decline and Fall of the Roman Empire》*는 독감에 관한 책이 아니고, 《황금 주발The Golden Bowl》**이나 《보바리 부인Madame Bovary》도 마찬가지다. 한편 책임을 미루고 이성을 중단하면—누가 병자에게 비평을 요구하고 누워만 있는 사람에게 건전한 지각을 요구할

---

*   18세기 영국의 역사가 에드워드 기번Edward Gibbon의 저술.
**   20세기 현대 문학의 방향을 제시했다고 칭송받는 헨리 제임스Henry James의 소설.

까?—다른 취향들이 나타난다. 갑자기 발작적으로 강력하
게. 우리는 시인들한테서 꽃을 빼앗는다. 한두 구절을 부수
어서 그것들이 마음 깊은 곳에서 열리게 한다.

저녁나절 자주
석양의 초원을 따라 양떼를 찾네

산을 따라 잔뜩 무리지어
느릿느릿 마지못해 부는 바람에 내몰리네

혹은 하디의 시구나 라 브뤼예르*의 한 문장에서 세
권짜리 소설을 새겨봐야 한다. 램**의 편지글들에 빠져
서—일부 산문 작가들은 시인으로 읽혀야 한다—"나는 시
간의 잔인한 살해자이고, 이제 그를 서서히 죽일 겁니다.
하지만 뱀은 생기가 넘칩니다"를 발견하고, 누가 그 기쁨을
설명할까? 혹은 랭보를 펼쳐서

*   장 드 라 브뤼예르Jean de La Bruyère. 17세기 프랑스의 도덕주의자.
**   찰스 램Charles Lamb. 19세기 영국의 수필가.

오 계절들이여, 오 성城이여!

상처 없는 영혼이 어디 있으랴?

이런 구절을 읽으면 누가 그 매력을 합리적으로 설명
할까? 아프면 말들이 신비스러운 힘을 갖는가 보다. 표면
적 의미 아래 깔린 것을 움켜잡아 이것, 저것, 나머지—소
리, 색, 여기 강조, 저기 휴지부—를 본능적으로 모은다.
시인은 말들이 사상과 비교할 때 시시한 걸 알기에 그것들
을 시에 뿌려놓았다. 그것들이 합쳐지면 말들이 표현할 수
도 없고 이성이 설명할 수도 없는 정신 상태를 일으키니까.
이해할 수 없음은 아픈 우리에게 엄청난 힘을 발휘해서, 어
쩌면 건강한 이들보다는 우리가 이해 불가한 것을 더 잘 받
아들일 것이다. 건강하면 의미가 소리를 잠식한다. 지성이
감각을 지배한다. 하지만 아프면 비번인 경찰이 되어 말라
르메*나 던**의 애매한 시, 라틴어나 그리스어 구절 밑으로
기어든다. 그 어휘들이 향기를 내뿜고 맛을 증류해서, 마침

*   스테판 말라르메Stéphane Mallarmé. 19세기 프랑스의 상징파 시인,
       비평가.
**   존 던John Donne. 16세기 영국의 대표적인 형이상학파 시인, 성직자.

내 의미가 파악되면 독특한 냄새처럼 혀와 콧구멍을 통해 처음에 감각적으로 다가왔던 것보다 훨씬 풍부해진다. 이 언어가 낯선 외국인들보다 우리가 불리하다. 중국인들은 《안토니우스와 클레오파트라Antony and Cleopatra》*에 나오는 소리를 우리보다 잘 알 것이다.

경솔은 질병의 특징으로 꼽히고─우리는 무법자다─ 셰익스피어를 읽을 때 필요한 것은 경솔이다. 셰익스피어를 읽다가 존다는 게 아니다. 충분히 인식되고 알려진 그의 명성이 두렵고 권태롭고 평론가들의 관점들이 심드렁하니, 환상일망정 확신에 찬 갈채는 걸작을 읽는 데 무척 도움이 되는 환상이고, 큰 즐거움이자 날카로운 자극이다. 셰익스피어에 대해 이러쿵저러쿵하는 자들이 점점 늘어나 가부장적인 정부가 그에 대해 쓰는 걸 금지할지 모른다. 휘갈겨대는 손길이 닿지 않도록 스트랫퍼드**에 그의 기념비를 세운 것처럼. 이런 소란한 비평의 와중에 누군가가 용감하게 개인적인 추측을 내놓고 여백에 긁적댈 것이다. 하지만 이

---

*   셰익스피어의 희곡.
**   셰익스피어의 생가가 스트랫퍼드 어폰 에이번Stratford-Upon-Avon 에 있음.

전에 누군가가 말했거나 더 잘 말했다는 걸 알기에 패기가 수그러진다. 왕처럼 장엄한 질병은 모든 걸 밀어내고 셰익스피어와 자신만 남긴다. 그의 우쭐대는 힘과 우리의 우쭐대는 오만으로 장벽들이 무너지고 매듭이 풀리며, 뇌리에 《리어 왕King Lear》과 《맥베스Macbeth》가 가득 울려 퍼진다. 심지어 콜리지*도 멀리 있는 쥐처럼 찍찍댄다.

하지만 셰익스피어는 충분하니 오거스터스 헤어Augustus Hare**로 눈을 돌리자. 병조차 이런 변화들을 보장하지 못한다고, 《두 숭고한 인생 이야기The Story of Two Noble Lives》***를 쓴 그가 보즈웰****과 대등한 부류가 아니라고 말하는 사람들이 있다. 그리고 작품이 우리가 선호하는 최고 수준은 아니라고 주장하면 최악—못마땅한 것은 평범함이다—은 아니라고 말하는 사람들이 있다. 그러거나 말거나. 법은 평범의 편이다. 하지만 미열에 시달리는 이들에게 헤어, 위

---

*   새뮤얼 콜리지Samuel Coleridge. 19세기 영국의 시인이자 비평가.
**   18세기 영국의 작가이자 재담꾼.
***   헤어가 집필한 워터퍼드 후작 부인과 캐닝 백작 부인의 일대기.
**** 제임스 보즈웰James Boswell. 18세기 영국의 전기 작가. 새뮤얼 존슨의 전기 작가로 유명하며, 충실한 전기 작가를 의미하는 명사로도 쓰임.

터퍼드, 캐닝의 이름은 자비로운 빛줄기를 내린다. 사실 처음 백 페이지는 그렇지 않다. 이런 두꺼운 책들이 매양 그렇듯, 우리는 숙모들과 숙부들의 홍수 속에서 허우적대다 가라앉을 위협을 받는다. 분위기 같은 게 있다고, 거장들은 뭐가 됐든—놀라운 일이든, 놀랄 게 부족한 일이든—마음의 준비를 시키면서 독자들을 힘들게 기다리게 하는 게 다반사임을 상기해야 한다. 그래서 헤어 역시 뜸을 들인다. 마법이 감지하지 못하게 다가들고, 우리는 점점 가족의 일원이 되는 듯하지만 특이한 느낌이 남아 있기에 가족은 아니다. 가족이 낙담하는 와중에 스튜어트 경이 방을 나서고—무도회가 예정되어 있다—다음에는 아이슬란드에서 소식이 전해진다. 그는 파티들이 지루하다고 말했다—그래서 혼인 전 지성적이었던 영국 귀족들이 순수한 정신적 특징을 잃었다고. 파티들이 지겹고 그들은 아이슬란드로 떠난다. 이후 벡퍼드*는 열광적인 성채 건설에 빠져들었다. 그는 영국해협 위에 프랑스 성을 짓고, 하인 숙소로 쓸

---

*   윌리엄 벡퍼드William Beckford. 18~19세기 영국의 작가로, 고딕양식의 폰트힐 저택을 지어 화제를 모음.

첨탑들과 탑들을 무너지는 절벽의 경계 위로 펼쳐지게 세
워야 한다. 그래서 하녀들은 빗자루가 솔렌트 강을 떠내려
가는 광경을 봤고, 레이디 스튜어트는 너무 곤란했지만 지
체 높은 귀부인답게 상황을 잘 이용해서 폐허 앞에서 상록
수를 심기 시작했다. 한편 딸들인 샬럿*과 루이자**는 비할
데 없이 행복하게 성장한다. 손에 연필을 쥐고 늘 스케치하
고, 춤을 추고, 구름 같은 얇은 천 속에서 시시덕댄다. 사실
그들은 아주 두드러지지는 않는다. 당시 생활은 샬롯과 루
이자의 삶이 아니었다. 가족의, 집단의 삶이었다. 그것은
넓게 퍼져서 온갖 사촌, 식객, 늙은 하인을 쓸어 담은 그물,
거미줄이었다. 숙모들―칼레던 숙모, 멕스버러 숙모―할
머니들―스튜어트 할머니, 하드윅 할머니―은 일제히 무
리지어 기뻐하고, 슬퍼하고, 크리스마스 만찬을 함께 한다.
늙어가면서도 꼿꼿하게 서서 다니고, 차양 달린 의자에 앉
아 색지에서 나온 듯한 꽃들을 자른다. 샬럿은 캐닝과 결혼
해 인도로 갔고, 루이자는 워터퍼드 경과 결혼해 아일랜드

* 후에 캐닝 백작 부인.
** 후에 워터퍼드 후작 부인.

로 갔다. 이후 편지들이 느린 범선에 실려 광활한 바다를 건너기 시작하면서, 연락은 더 더디고 장황해진다. 빅토리아 시대 초기의 공간과 여가는 무한한 듯하고, 신앙심이 사라지고, 헤들리 비카스Hedley Vicars*의 삶이 신앙심을 되살린다. 숙모들은 감기에 걸리지만 회복하고 사촌들은 결혼한다. 아일랜드 기근과 인도 폭동이 일어나고, 두 자매는 대를 이을 자녀 없이 조용히 크나큰 슬픔을 간직한다. 아일랜드에서 워터퍼드 경이 종일 사냥을 하자 혼자 남겨진 루이자는 자주 외로웠다. 하지만 본분을 지키면서, 빈곤층을 방문하고 위로의 말을 전했다("앤서니 톰슨이 정신이나 기억을 잃었다는 말을 들으니 정말 속상하네요. 하지만 그는 우리 주님만을 믿어야 한다는 걸 잘 아니 그러면 충분하지요"). 그리고 스케치를 하고 또 했다. 저녁의 펜화가 노트 수천 권을 메웠고, 목수가 펼쳐놓은 종이에 교실 벽화를 디자인하고, 양을 침실에 들이고, 사냥터 관리인들에게 담요를 걸치게 해 성가족 그림을 많이 그렸다. 마침내 위대한 와츠**가 여기 티치아

---

*   영국 군인이자 목사로, 크림전쟁(1853~1856)에서 사망함.
**   조지 프레데릭 와츠George Frederic Watts. 19세기 영국의 화가, 조각가.

노의 동지와 라파엘로의 스승이 있다고 선언했다! 그 말에
레이디 워터퍼드는 웃으면서(마음이 넓고 유머감각이 있는 여성
이었다) 자신은 스케치 정도만 한다고, 평생 교습받은 적이
없다고―말도 안 되게 미완성인 천사 날개를 보라면서―
말했다. 더욱이 계속 짐몰하는 친정집을 끌어올려야 했고
친구들을 접대해야 했다. 각종 자선활동으로 하루를 채우
다가 남편이 사냥에서 돌아오면 스케치북을 들고 곁에 앉
았다. 툭하면 자정 무렵, 등불 아래서 수프 그릇에 반쯤 가
려진 그의 기사다운 얼굴을 스케치했다. 남편은 다시 십자
군처럼 위풍당당하게 말을 타고 여우 사냥을 떠났고, 그녀
는 손을 흔들면서 매번 이게 마지막이면 어쩌나 하고 생각
했다. 그리고 그 겨울 아침, 그렇게 되고 말았다. 말이 발
을 헛디뎠고 그는 죽었다. 루이자는 소식을 듣기도 전에 알
았다. 존 레슬리 경은 결코 잊을 수 없었다. 장례식 날 그
가 아래층에 뛰어 내려갔을 때, 장의차가 떠나는 광경을 지
켜보려고 서 있던 귀부인의 아름다움을. 또 그가 돌아왔을
때, 중기 빅토리아 시대의 무거운 플러시 천이었을 커튼이
그녀가 애통한 마음에 그것을 꽉 잡고 있던 자리에서 어떻
게 모두 짓눌려 있었는지도.

《아픈 것에 관하여》를 소개하며

헤르미온 리

버지니아 울프의 가장 대담하고 특이하면서 독창적인
에세이로 꼽히는 《아픈 것에 관하여》는 제목에 드러난 것
이상의 주제들을 다룬다. 아픈 관찰자가 "누워서" 보는 변
모하는 구름과 흔들리는 커튼처럼, 이 에세이는 변화무쌍
하고, 다른 효과들을 통해 예측 불가하게 변형된다. 질병뿐
아니라 언어, 종교, 동정, 고독, 독서를 '다룬다.' 표면적으
로는 광기, 자살, 사후에 관한 생각들이 펼쳐진다. 덤으로
치과 의사, 미국 문학, 오르간 연주자, 거대한 거북이, 영
화, 도래할 빙하기, 벌레, 뱀과 쥐, 셰익스피어를 읽는 중국
독자들, 솔렌트 강을 떠가는 하녀의 빗자루, 3대 워터퍼드
후작 부인의 인생담이 등장한다. 에세이 뒤에는 연애, 문학
논쟁, 작업 중인 위대한 소설도 숨어 있다. 이 주제들의 망
또는 그물(여기서 주된 이미지)이 일대기이자 사회 풍자, 문
학 분석이면서 이미지 메이킹 실험인 에세이에서 한데 얽
힌다. 교묘한 솜씨와 장난기를 통해, 세상에 암시와 일탈을

위한 "공간과 여가"를 가진 모습을 통해 글은 어둠과 고통
스러운 경험을 씩씩하게 다룬다.

질병은 버지니아 울프 평생의 주된 이야기들 중 하나
다.[1] 초년의 신경쇠약과 자살 시도는 광적 우울증(이 진단은
논란이 여지가 다분하지만)의 증거로 읽힐 수 있다. 이 증상은
성인이 된 후 30년간 작가로 사는 동안 심신의 징후가 미
묘하게 얽힌 질병들을 계속 정기적으로 일으키는 듯했다.
질병을 소설화한 것을 보면 맹렬한 열병의 망상(《출항The
Voyage Out》의 레이첼), 깊은 우울의 공포(《파도The Waves》의 로
다), 자살광의 환상과 도취 상태(《델러웨이 부인Mrs. Dalloway》
의 셉티머스)에 대한 묘사가 겹친다. 버지니아 울프의 평생
동안 심각한 신체 증상들—열, 실신, 두통, 빈맥, 불면증—
이 나타났고, 불안이나 우울증 상태를 수반했다. 상태가 가
장 심할 때는 거의 먹지 않았고 심각한 체중 감소가 이어졌
다. 지독한 두통은 병이나 기력 소진의 신호였다. 에세이에
서 연결 지은 '열'과 '우울증'은 그녀가 익히 아는 증후였
다. 몇 주 지속될 수도 있었던 빈맥과 고열은 '인플루엔자'로
진단되었고, 1923년 '폐렴 병원균'이 포착되었다. 1922년
초 증상들이 위중해지자 심장 전문의를 찾아갔고, 심장 '탈

진' 또는 심장잡음이라는 진단이 내려졌다. 지속적인 고열에—또한 '신경쇠약'에도—치료법으로 (믿기 힘들지만) 발치를 추천받았다(그러니 《아픈 것에 관하여》의 치과 방문 대목은 주제가 달라진 게 아니다). 증명할 수는 없지만 만성 열병이나 결핵 질환을 앓았을 가능성도 엿보인다. 또 심신의 증상 때문에 복용한 약들이 건강 악화를 부추겼을 수도 있겠다. 그 "강력한 황태자"인 '클로랄'은 《아픈 것에 관하여》의 지배 세력 중 하나다(덜 악한 신들—주교들의 신과 반대되는—은 '가장 현명한 운명의 여신'과 '자연'이다). 클로랄은 디기탈리스 digitalis*와 베로날veronal과 더불어 규칙적으로 복용한 진정제로, 때로 브롬화칼륨**—정신 상태에 부정적인 영향을 미쳤을 수도 있다—을 섞기도 했다. 약 복용과 함께 '과잉 흥분' 피하기, 안정 요법, 우유와 고기 식이요법, 노동 금지 같은 제한들이 가해졌다. 버지니아 울프는 평생 고문과 다름없는 무서운 정신 상태들, 괴롭고 쇠약해지게 하는 신체 증후들, 격앙시키는 제약들과 싸워야 했다. 하지만 질병

---

*   말린 잎이 강심제로 쓰임.
**   이 역시 진정제.

에 관한 글들—여기 실린 에세이 같은—에 창의와 자유를 주는 효과들이 반복된다.

"내 경우 이런 질병들은—어떻게 표현해야 할까?—신비로운 일면도 있다고 믿는다. 내 마음에서 뭔가 일어난다."[2]

《아픈 것에 관하여》는 고독한 환자의 경험이라는 "미지의 세상", "원시림"에서 그 '뭔가'를 추적한다.

이 글의 집필은 버니지아 울프가 1925년 8월 19일 찰스턴의 자매 집에서 열린 파티에서 기절하면서 시작된다. 그때까지 순풍에 돛 단 듯 여름이 지났다. 연초에 《댈러웨이 부인》과 《일반 독자The Common Reader》가 출간되었고, 작품들을 책으로 낼 때마다 잘 풀리는 듯했다. 다음 소설 《등대로To the Lighthouse》를 시작할 아이디어들을 가졌고, 비타 색빌웨스트Vita Sackville-West와 매혹적이고 유혹적인 관계에 접어든 상태였다. 하지만 그때였다.

"왜 나는 진이 빠져서 타이어가 펑크 난 차에 탄 걸 알거나 감지하지 못했을까?"[3]

졸도는 수개월의 병치레로 이어졌고, 9월에서 새해까지(이 무렵 회복하기 시작하자마자 풍진에 걸렸다) 서신들과 일기

에는 좌절과 고통이 넘쳐났다.[4]

　"그 이상한 이중적인 두통의 삶 속에서 여기 누워 있자니⋯⋯."

　"지긋지긋한 머릿속 통증이나 경악할 만치 뒤얽힌 꿈이 아니고는 아무 말도 할 수가 없다."

　"이 글을 쓰는 이유에는 목덜미의 가련한 신경 뭉치를 시험해보는 것도 있다⋯⋯."

　"두통으로 혼수상태. 글을 쓸 수가 없다(머릿속에는 소설이 통째로 있는데—이 지긋지긋함)."

　"의사가 침대로 보냈다. 집필은 완전히 금지되었다."

　"의사는 내가 언제 일어날 수 있는지, 언제 떠나거나 뭐라도 할 수 있는지 말해주지 못한다."

　"내 머리 위 가지에 독수리가 앉아 있다 내려와 등골을 쫄 것 같지만 감언이설로 그를 수탉 따위로 만들 수 있을 것만 같다."

　"그리 행복하지 않다. 무척 불편하다. 구토증⋯⋯. 머리 뒤쪽에서 쥐가 마구 갉아대는 것 같다. 한두 가지 공포, 그러다가 몸이 지쳐서 노동자의 외투마냥 팽개쳐진다."

　이 힘든 몇 개월 사이 두 가지 우정에 변화가 생겼다.

비타 색빌웨스트는 앓는 버지니아 울프에게 다정다감했고,
곧 곁에 있어줄 수 없게 되자 그녀를 더 소중히 대했다. 그
녀의 남편 해럴드 니콜슨은 외무성의 지시로 페르시아에
파견되었다. 비타도 켄트에서 테헤란으로 떠날 예정이었다
(1926년 판《아픈 것에 관하여》에는 "상상 속 천국에서, 우리는 테헤
란과 턴브리지 웰스Tunbridge Wells*에서 아주 다르게 사는 걸 선택할
수 있어"라는 당사자들만 아는 농담이 있었다. 차후 편집되었다). 두
사람의 편지는 더 친밀해졌고, 울프는 일기에 "이런 질병
들의 최고 장점은 뿌리 주변의 흙을 느슨하게 하는 것이다.
변화를 일으킨다. 사람들이 애정을 표현한다"라고 썼다.[5]
그래서《아픈 것에 관하여》에서 "질병은 자주 사랑으로 위
장해…… 떠난 이들의 얼굴에…… 새로운 의미를" 부여하
고 "아이 같은 솔직함"을 만들어낸다. 곁에 없는 사랑하는
이를 향한 갈망과 그 사람을 부르고 싶은 욕망이《등대로》
에 잘 표현될 터였다.《아픈 것에 관하여》는 다른 방식들
로도 이 소설을 예고한다. "철학자의 포탑"에 있는 마음에
관한 농담은 램지 씨를 예비하고, 에세이에 자주 등장하는

* 영국의 온천 휴양 도시.

물과 파도와 항해 여행의 이미지들이 소설에 대거 등장한다. 에세이에서 그녀는 병치레를 하면 "인생의 전체 풍경은 먼 바다에 나간 배에서 보는 해안처럼 멀리 멋있게 펼쳐진다"고 말한다. 등대로 가는 배에서 캠이라는 인물이 이 대목을 그대로 서술한다.

"모든 게 멀고 평화롭고 이상해 보였다. 차분하고 아주 멀고 비현실적인 것 같았다. 이미 배가 나아온 거리가 그들을 해안에서 멀어지게 했고 바뀐 모습을, 차분한 풍경을 펼쳐냈다. 이제 그들이 속하지 않은 것이 저만치 멀어졌다."

부재와 거리는 에세이 《아픈 것에 관하여》와 소설 《등대로》의 주제다.

1925년 또 다른 우정이 더 자극적인 변화를 겪었다. 하지만 이 관계가 없었다면 이 에세이는 탄생하지 않았을 것이다. 1920년대에 울프 부부와 호가스 프레스Hogarth Press* 는 T. S. 엘리엇과 친해졌다. 부부는 1919년에는 엘리엇의

* 버지니아 울프와 남편이 운영한 출판사. '호가스'는 그들이 살던 집의 이름임.

《시들Poems》을, 1922년에는 그의 《황무지The Waste Land》를 출판했다. 엘리엇도 1922년 자신의 문예지 「크라이티어리언Criterion」에 버지니아 울프의 소설을 게재했다. 1924년 엘리엇은 버지니아 울프의 에세이 〈소설 속 등장인물Character in Fiction〉을 칭송하고 출산했다. 호가스 프레스는 엘리엇이 드라이든*, 마블**, 형이상학파 시인들에 대해 쓴 에세이들을 '호가스 에세이들'에 포함된 버지니아 울프의 에세이 〈베넷 씨와 브라운 부인Mr. Bennett and Mrs. Brown〉과 함께 출간했다. 울프는 엘리엇이 「네이션Nation」의 문학 편집인이 되도록 도왔다(결국엔 레너드 울프가 대신 편집인이 되었다). 이런 문학적인 상호의존과 지원이 난국에 빠진 것은 1925년 엘리엇이 경쟁사인 페이버 & 그와이어Faber & Gwyer 출판사의 발행인이 되면서였다. 그는 울프 부부의 저자들을 빼돌리고 통지도 없이 《황무지》를 재인쇄했다.

"톰은 우리를 상스럽게 대했다."[6]

이때부터 그녀는 엘리엇을 교활하고, 냉혹하고, 소름

---

*   존 드라이든John Dryden. 17세기 영국의 시인이자 극작가.
**   앤드루 마블Andrew Marvell. 17세기 영국의 시인.

끼치게 이기적이라고 자주 비판하기 시작했다. 엘리엇으로
서는 개정판 「뉴 크라이티어리언」에 게재할 에세이를 청
탁하기 껄끄러운 시점이었다. 그녀는 비위를 맞추면서 원
고 청탁을 수락했지만("1호에 실리다니 당연히 영광으로 생각해
야지요")[7] 마감일보다 늦게 보냈다(농담조로 이런 편지를 썼다.
"선생님께. 내일, 그러니까 토요일 아침에 에세이를 보내려고 합니다.
때 맞춰 원고를 받으시면 좋겠습니다. 늦어져서 죄송하지만 제가 어
려움 속에서 작업을 하는 중이어서요").[8] 엘리엇은 《아픈 것에 관
하여》에 대해 미온적인 반응을 보였고, 그 때문에 그녀는
기질상 절망과 불안 상태에 빠졌다.

　　"난 여기서 장황함과 유약함, 모든 단점을 봤다. 이것
이 내 글에 대한 혐오와 다른 소설을 시작할 마음에 대한
거부감을 키운다."[9]

　　《등대로》에서 릴리 브리스코가 찰스 탠슬리의 비판
("여자들은 그림을 그릴 줄도, 글을 쓸 줄도 모르지")에 분개하는
장면은 여기서 일부 영감을 받은 걸까?

　　엘리엇이 1926년 1월 「뉴 크라이티어리언」에 첫 게재
한 이후 《아픈 것에 관하여》는 서너 차례 더 발표되었다.
글이 실린 이 고품격 계간지에 대해 엘리엇은 창간호 머리

글("문학 리뷰에 대한 생각")에서 "문학 취향을 가진 지성인의
관심사들"과 관련해 축적된 "10년간의 가장 민감하고 명징
한 사고 전개"를 "기록하는 지면"이 되도록 의도했다고 밝
혔다.[10] 《아픈 것에 관하여》 외에 올더스 헉슬리의 소설, 로
렌스의 〈말을 타고 떠나간 여인The Woman Who Rode Away〉,
거트루드 스타인의 당황스러운 작품(〈열다섯 번째 11월The
Fifteenth of November〉), 콕토의 에세이, 에이더 레버슨의 오스
카 와일드 회고담, 런던과 유럽과 뉴욕의 최신 미술계 소식
리뷰, 외국 계간지들 모음, '민주주의와 사회주의에 관한
아리스토텔레스' 같은 주제를 분석한 글들이 창간호에 실
렸다.

　친구들은 《아픈 것에 관하여》를 칭송했고, 레너드가
특히 감탄했다. 울프 부부는 이 에세이가 엘리엇의 계간지
외에 다른 지면에도 실릴 수 있다고 확신했다. 그 결과 에
세이는 거기에 나오는 구름떼처럼 다양하게 변형되어 소개
되었다. 1926년 4월 뉴욕 잡지 「더 포럼The Forum」에 〈질
병: 채굴되지 않은 광산Illness: An Unexploited Mine〉이라는 제
목의 축약판(헨리 고더드 리치가 편집)이 게재되었다. 논의 중
인 '이슈들'('민주주의는 끝나는가 하는 논쟁', '심령 연구 청원',

'해양 농사', '반유대주의 문제')을 다루는 더 화려하고 중간 정
도의 교양인 독자들을 대상으로 하는 지면이었다. 자극적
인 다큐멘터리들(〈마적과 아편〉, 프리조프 난센의 〈비행선을 타
고 북극으로〉), 삽화들, 가벼운 소설(비올라 파라디스의 대화체
소설 〈그리고 아무 질문도 없었다!〉)도 실렸다. 기고자들이 "축
배의 대상"이라는 간략한 인물평과 함께 소개되었다.

"첫 책의 등장에서…… 울프 여사는 대단한 문학적
관심의 중심이었고…… 점차 대중이 비평가들의 선도에
따랐고 그녀의 최신 소설 《댈러웨이 부인》은 널리 호평을
받았다. ……「더 포럼」 데뷔작인 짧은 에세이는 조용히
사색하는 그녀를 보여준다."[11]

이 《아픈 것에 관하여》는 《안토니우스와 클레오파트
라》를 읽는 중국 독자들에 관한 이야기로 끝나고 셰익스피
어와 헤어에 관한 마지막 문단들이 삭제된다.[12]

1930년 7월 버지니아 울프는 호가스 프레스 소책자
에 싣기 위해 《아픈 것에 관하여》의 신판 250부를 인쇄했
다. 책 전부에 서명하고, '수제본'을 앞에 두고 앉아 일기
에 "내 이름을 육백 번 쓰는 노역을 해야 했다"고 과장해
썼다.[13] 바네사 벨이 호소력 있는 표지를 디자인했다. 완벽

하진 않아도 매력적인 판본이었다. 버지니아 울프는 비평에 대비해 시험 삼아 써놓고 보내지 않은 사과문에서 이렇게 밝히기도 했다.

잘못한 당사자들 중 일인으로서 《아픈 것에 관하여》 출판에 대한 여러분의 비판에 고개 숙입니다. 색채가 고르지 않고, 활자가 선명하지 않은 부분도 있으며, 간격이 일정치 않고, '동자꽃campion'이 아닌 '동반자companion'여야 했다고 인정합니다.

제가 내놓아야 할 변명은 런던 자택의 지하실에서 취미 활동으로 인쇄했다는 점입니다. 아마추어로서 인쇄 기술에 무지했고, 독학한 지식을 동원했습니다. 또 다른 일들을 하면서 생활하는 틈틈이 인쇄합니다. 이런 상황임에도 이미 구매가보다 높은 가격에 책을 팔 수 있다고 알고 있습니다. 선구매자가 인쇄 부수보다 많으니까요. 그러니 저희가 여러분의 수준을 만족시키지 못할지언정 지갑을 갈취하지는 않았기를 바랍니다.[14]

이 판본에서 울프는 1926년 「뉴 크라이티어리언」에

게재되었던 글을 여러 군데 수정했다. 주교와 신도들 관련 부분에서 주교에게 새 자동차가 필요하다고 조롱하는 대목—"이 천국을 만드는 데는 자동차가 필요치 않다. 시간과 집중력이 필요할 뿐"—을 들어냈다. 시대착오적이라 느꼈기 때문일 것이다. 울프는 질병에 관련된 시 구절들에 대한 표현도 상당히 수정했고, "빛나는 날개를 펴고, 초록색 물속의 화사한 물고기처럼 헤엄친다", "잎사귀들처럼 너울대면서 우리에게 빛과 그림자로 격자무늬를 씌운다"라는 표현을 삭제했다. 다시 읽으니 그녀가 보기에 이 유려하고 신비로운 구절은 너무 화려했다. 가장 눈에 띄는 점은 그녀가 셰익스피어를 읽는 것에 대해, 《햄릿》을 다시 읽는 것은 자신의 유년을 다시 읽는 것과 같다는 다음 구절을 통째로 삭제한 것이다.

"그렇게 비평가는 늘 과거를 돌아보거나 곁눈질해야 하며, 《햄릿》에서 움직이거나 사라지는 것을 거울에 비친 자신을 보듯 바라본다."

지나치게 사적인 감정을 드러내서 그대로 둘 수가 없었을 것이다.

버지니아 울프가 사망한 후 레너드 울프는 1930년 판

본을 두 차례 재인쇄했다. 한번은《순간과 다른 에세이들
The Moment and Other Essays》(1947)에, 한번은《에세이 모음
집Collected Essays》(1967) 4권에 다시 포함시키면서 첫 출간
을 1930년으로 부정확하게 기재했다. 이전의 엘리엇과의
관계를 지우는 방편이었을 것이다. 이후《아픈 것에 관하
여》판본들이 앤드루 맥닐리의 버지니아 울프 에세이 판본
으로 잇달아 재인쇄되었다. 1986년에야 출간되기 시작한
이 훌륭한 주해본은 울프의 에세이들이 겪은 복잡한 여정
을 보여준다. 긴 세월이 지나서야 에세이들이 단독으로 읽
히고, 작가의 문학적 전략과 사고 과정이 주목받았다.[15] 최
근에는 에세이들의 느슨함, 즉흥성, 갑작스러운 열린 결말,
인용 거부의 측면을 중요하게 보면서, 특히 분류를 거부하
고 장르들이 교차하고 겹치는 면이―선언문도, 문학 비평
도, 전기문도, 역사나 자서전도 아니고 모든 장르가 교묘하
고 창의적으로 결합된다―면밀히 검토된다. 〈런던 거리 헤
매기Street Haunting〉, 〈웸블리의 천둥Thunder at Wembley〉, 〈서
식스의 저녁Evening Over Sussex〉, 〈도서관에서 보낸 시간들
Hours in a Library〉, 〈그리스어를 모르는 것에 관하여On Not
Knowing Greek〉, 〈태양과 물고기The Sun and the Fish〉, 〈어떻게

책을 읽어야 할까?How Should One Read a Book?〉같은 에세이
들을 비롯해《아픈 것에 관하여》가 그렇다. 최근 이 에세
이는 급증하는 병리학 도서로 또 달리 인정받아, 의학 웹
사이트들에서 앤 호킨스의《재구성하는 질병: 병리학 연
구Reconstructing Illness: Studies in Pathography》(1993), 아서 프랭
크의《상처 입은 스토리텔러: 신체, 질병, 윤리The Wounded
Storyteller: Body, Illness, and Ethics》(1995), 토머스 카우저의《신
체 회복하기: 질병, 장애, 인생 쓰기Recovering Bodies: Illness,
Disability, and Life Writing》(1997), 올리버 색스의《한 다리로 서
기A Leg to Stand On》(1994)와 나란히 언급된다.

　　《아픈 것에 관하여》에 대한 엘리엇의 미온적인 반응
이 이해되기도 한다. 이 글에 깔린 별나고 고집스럽고 사소
한 생각은 그의 엄중하고 권위적이고 전형적인 에세이 작
법과 어긋나기 때문이다. 엘리엇은 객관성과 논리적인 논
쟁을 선호했다. 하지만 울프는 해즐릿*, 램, 드 퀸시, 콜리
지 같은《아픈 것에 관하여》와 관련된 낭만주의 수필가들
의 에세이 작법을 의도적으로 답습했다. 제목에 해즐릿—

---

*　　윌리엄 해즐릿William Hazlitt. 19세기 영국의 평론가, 수필가.

〈여행하는 것에 관하여On Going a Journey〉, 〈죽음의 두려움
에 관하여On the Fear of Death〉— 이 드러난다(일종의 제목 재활
용이 얼마나 빈번한가에 대한 농이기도 하다. 이전 에세이 〈선율 같
은 명상Melodious Meditations〉에서 울프는 "구시대Old Age", "아픈
것에 관하여On Being Ill" 같은 제목을 쓰는 미국 수필가들을 조롱했
다).[16] 콜리지가 쓴 셰익스피어에 관한 글이 미미하게나마
등장한다. 늘 선호하던 찰스 램의 에세이들과 서신들이 바
로 이 시기에 그녀의 마음에 자리 잡았다. 울프는 1925년 9
월 18일 친구 재닛 케이스에게 쓴 편지에서 램의 아찔하고
현란한 문체를 칭송하고 그의 서간문을 에세이에 인용한
다. 울프는 질병을 다룬 드문 문필가 중 한 명으로 드 퀸시
를 꼽으며 다음 에세이(〈열정적인 산문Impassioned Prose〉)의 주
제로 삼는다. 치밀한 첫 문장은 드 퀸시스럽다(구름 경치에
대한 환상들과 고독의 필요성을 주장하는 대목처럼). 이 낭만주의
수필가들처럼 울프는 자신에게 이탈과 방랑을 허용한다.
물론 그들보다 더 자기방어적이고, 더 초조하게 사적 경험
을 숨기긴 해도. 하지만 그들처럼 친밀하고 사소한 화법을
사용하기에 글이 대화처럼 읽힌다. 《아픈 것에 관하여》에
서 가십, 대화, 연극으로 이루어진 세속적이고 문학적인 사

후 세계에 대한 환상이 에세이의 문체에 살아 있다. 울프는 1926년 2월 친구에게 에세이에 대해 이렇게 쓴다.

"내 글을 좋아해주어 무척 기쁩니다. 누워서 쓰면서, 그리고 가차 없는 톰 엘리엇 때문에 급히 써야 하는 처지였던지라, 어휘들을 너무 과하게 사용한 것이 걱정스러웠습니다."[17]

'누워서 쓰는 것'은 특이하고 장황하고 태만한 문학—'가차 없는'의 반대—을 만들어내며, 구름을 올려다보고 세상을 곁눈질하는 관점에서는 낭만적이면서도 현대적이다. 에세이의 시작부터 질병과 글쓰기가 엮인다.

왜 질병은 문학에서 사랑처럼 인기 있는 주제가 아니었나 하고 울프는 질문한다. 어째서 "매일 육체가 겪는 드라마"는 주목받지 못했을까? 왜 문학은 늘 마음이나 영혼을 육신과 분리하려 할까? 아마 대중은 질병을 소설의 주제로 받아들이지 않을 테니까. 어쩌면 질병은 새로운 언어—"더 원시적이고 관능적이고 저속한"—를 요구하기 때문이다(에세이 필사본에는 "원시적" 대신 "잔혹한"으로 나온다). 하지만 질병은 소통이 거의 불가능하다. 병자가 요구하는 동정심은 채워질 수가 없다. 사람들은 즉시 자기 상태를 불평하기 시작한다. 그리고 극소수의 (여성) 괴짜들과 (다양하고 급히 부름받은) 부적합자들을 제외하면 세상은 꾸준히 동정할 여력이 없다. 근무 시간을 통째로 잡아먹을 테니까. 게다가 질병은 사실 고독을 선호한다.

"여기서 우리는 혼자 가고 그게 더 나은 듯하다."

병자들은 근로자 부대에서 뒤처져 낙오자가 되었다. 그로 인해 구름이나 꽃을 보는 것 등 보통 사람들은 하지 못할 일들을 할 시간이 생긴다. 그리고 그들이 구름과 꽃에서 받는 위로는 동정심이 아닌 무심함이다. 병자들은 "직립 부대"와 달리 자연의 무심함을 인지한다. 그들은 빙하가 세상을 묻을 때 자연이 결국 승리할 걸 안다. 그 생각에 어떤 위안이 있을까? 기성 종교는? 천국이라는 개념은? 시인들이 발명한 천국이라는 대안적이고 세속적인 개념은? 또 아플 때 필요한 것은 산문 작가들이 아닌 시인들이다(울프는 가볍게 시비를 건다).

"아프면 말들이 신비스러운 힘을 갖는가 보다."

우리는 강력한 구절과 문단에, 이해할 수 없는 것에, 소리의 질감에 끌린다. 예를 들면 비판하지 않고 셰익스피어를 읽어 내려간다. 그리고 충분히 읽었다 싶으면, 장면들

과 이야기가 쏟아지는 오거스터스 헤어의 19세기 두 귀부
인의 삶 같은 시시한 작품을 얼마간 읽을 수도 있다.

　이 느슨한 즉흥성이 물, 공기, 땅, 불, 황무지와 산봉
우리, 깊은 숲과 광활한 바다, 구름, 새, 나뭇잎, 꽃에 그린
이미지들의 복잡한 패턴과 엮인다. 마치 질병을 통해 다른
우주 전체가 창조되는 것 같다. 매우 물리적이어서 글은 육
체를 판유리처럼, 모든 경험의 전달 장치로 강조한다. 육체
는 괴물이자 영웅이고, 동물이자 신비론자다. 연기와 장면
이 자주 언급되는 에세이에서 육체는 배우다("빈집에서 영원
히" 상영되는 구름 풍경의 "영화"는 몇 달 후 출간된 영화에 관한 환
상적인 에세이 〈시네마The Cinema〉를 예고한다).

　이미지들이 응집하면서 풍자가 감지되기 시작한다.
병자들은 탈영병들, 명령불복종자들이다. 그들은 "협동적
인" 관례들을 수용하지 않는다. 불쑥 내뱉는다. 동정을 거
부한다. 일하러 가지 않는다. 누워 지낸다. 시간을 허비한
다. 공상한다. 교회에 출석하지 않거나 천국을 믿지 않는
다. 책임감 있게 읽거나 읽은 것을 납득하기를 거부한다.
헛소리, 감각, 경솔함에 끌린다.[18] 유리의 이면에는 "직립부
대", 에너지 사용, 자동차, 출근, 교회 출석, 소통과 교화가

있다. 울프가 당시 읽은 신문에서 차용한 이런 훌륭한 시민들의 모델은 리치필드 주교와 새뮤얼 인설Samuel Insull이다. 인설은 공황기에 몰락해 수모를 겪기 전, 에디슨과 함께 제너럴 일렉트릭 컴퍼니의 공동 설립자였다. 또 시카고 전력 제국과 송전 회사들의 수장이었고 '중서부 도시들'에 전기 기반 시설을 도입했다.

침대 속 독서, 아플 때의 독서는—'침대 속 글쓰기'처럼—일종의 비정상적인 형태다. 마구잡이식 읽기, '여백에 긁적대기'라는 주제는 마구잡이식 글쓰기, 고집스럽게 사소하고 결론 없는 이 에세이를 쓰는 것을 허용하는 모양새다. 이 글은 질병뿐 아니라 독서와 글쓰기도 다루기 때문에, 인용과 언급이 넘쳐나는 문학적인 에세이다. 하지만 인용과 언급은 낭만주의 수필가들이나 셰익스피어에게 보내는 화려한 찬사만은 아니다. 울프의 주장처럼 인용문들은 겉보기처럼 마구잡이가 아니다. 울프가 밀턴의 《코머스Comus》를 인용한 구절("저녁나절 자주 / 석양의 초원을 따라 양떼를 찾네")은 사브리나 여신*(《출항》에서 레이철이 병이 나면서 생

* 세번강Severn River의 요정.

각에 사로잡히기 직전)에 대한 일부 묘사다. 여신은 감옥에 갇
힌 부인을 도와달라는 간청을 받는다. 울프는 셸리*의 서정
시극 《사슬에서 풀린 프로메테우스Prometheus Unbound》에서
구름이 "산을 따라 잔뜩 무리지어 / 느릿느릿 마지못해 부
는 바람에 내몰리네"라는 아시아의 꿈 이야기를 인용한다.
그때 목소리("유령들의 작별인사처럼 낮고 감미로운 희미한 소리")
가 "아, 따르라. 따르라. 나를 따르라"라고 부른다. 울프는
시간이라는 뱀을 죽이고 싶고 고독과 황폐한 마음과 타성
을 말하는 찰스 램의 고통스러운 편지를 인용한다.

    "뇌리를 떠나지 않습니다. …… 과로하는 당신이 안
쓰럽지만 단언컨대 일하지 않는 게 더 나쁩니다."

    울프는 랭보의 시집 《지옥에서 보낸 한철Une Saison en
Enfer》에 실린 시구 "오 계절들이여, 오 성城이여!"를 시인
의 '언어적 환상'의 일례로 인용한다. 시는 "죽음의 시간"
이라는 구절로 끝난다. 그녀는 셰익스피어의 비극들, 특히
《햄릿》을 언급한다(《아픈 것에 관하여》를 쓰기로 결정하기 3주
전인 9월 23일 비타에게 "어젯밤 《햄릿》을 읽었어"라는 편지를 썼

---

*   퍼시 셸리Percy Shelley. 19세기 영국의 낭만파 시인.

다).[19] 《햄릿》은 에세이 앞부분에서 병환이라는 "미지의 세상"을 언급하는 부분과 "발을 끌며 물러난다"(동정을 표현)라는 구절에 나온다. "사느냐 죽느냐To be or not to be"가 여백에 숨어 있다. 울프가 구름의 형태 변화를 표현한 대목에 《안토니우스와 클레오파트라》도 있다. 안토니우스는 에로스에게 구름이 어떻게 스스로 흩어지는지 말하며 그게 자신이 감행하려는 일이라고 말한다.

"지금 심지어 생각을 가진 말인 것 / 선반이 희미해져서 보이지 않네 / 물이 물속에서 그러듯이."

모두 똑같이 문학적으로 메아리친다. 《코머스》, 《사슬에서 풀린 프로메테우스》, 램의 서신, 랭보의 시 모두 탈출을 향한 갈구나 열망, 인간의 고통과 절망의 지옥과 벌이는 사투와 관계있다. 중요한 셰익스피어 인용 부분은 두 번 다 자살에 관한 것이다. 햄릿은 자살을 고민하고 안토니우스는 자살하려고 한다. 불쑥 울프는 기독 신앙이 신자들에게 "비치 헤드에서 뛰어내려 천국으로 직행"한다는 확신을 주는지 묻는다. 그 장난스러운 모습 뒤에는 병이 병자를 '정상 상태'에서 멀리 있어 오로지 자살만이 탈출구로 보이는 먼 바다까지, 높은 산꼭대기까지(《댈러웨이 부인》의 셉

티머스처럼) 데려갈 수 있는가 하는 숨죽인 괴로운 토론이
있다.

에세이의 마지막 대목(「더 포럼」 판에서 발췌)은 처음에
는 특이한 종결부로 보인다. 왜 하찮은 19세기 역사가가 요
약한 무명의 두 귀족 부인 이야기가 나올까? 울프는 그들을
'괴짜들', '애매한 인생들'로 코믹하게 버무렸다. 여성들
을 다룬 많은 에세이들(〈제럴딘과 제인Geraldine and Jane〉, 〈미스
오메로드Miss Ormerod〉, 〈메리 울스턴크래프트Mary Wollstonecraft〉,
《자기만의 방A Room of One's Own》)처럼, 이 글은 처지에 압박
을 받고 갇힌 재능 있는 여성에 대해 이야기한다(헤어가 정
확히 설명한 캐닝 백작 부인과 레이디 워터퍼드의 인생사를 어설프게
대충 재현한다). 하지만 여전히 두서없는 독서의 일례로 보다
가 마지막 이미지에 다다른다. 사별한 레이디 워터퍼드는
남편의 시신이 묘지로 운구되는 광경을 보면서 "애통한 마
음에" 플러시 커튼을 '꽉 잡아 짓누르고' 있었다.[20] 이 대목
은 놀랍게도 에세이의 앞부분에서 언급한, 한 손에 통증을,
다른 손에 "순수한 소리 덩어리"를 쥐고 '둘을 짓눌러서'
"새 어휘"를 만들어야 하는 병자를 연상시킨다.

'짓누르는' 것은 고통으로 행해지는 행위다. 그리고 언

어를 통해 질병을 가누는 병자와 슬픔을 가누는 귀부인 모두에게 '짓누르는' 것은 격한 용기의 이미지다.

"이런 것들을 정면으로 응시하려면 사자 조련사의 용기가 필요할 것이다."("만 명의 사자 조련사의 용기. 이 사자들은 우리의 바깥이 아닌 내면에 있으니까.")

버지니아 울프는 자신에 대해 명확하게 쓰지 않는다. 대부분의 에세이들처럼 '나'(군주 같은 '나')라고 하지 않고 '우리', '사람'이라는 인칭을 쓴다. 하지만 이 글은 울프의 영웅적인 인내심과 용기를 드러낸다. 자기 연민에 빠지지 않고, 육체와 정신의 고통을 새뮤얼 인설처럼 생산적으로 쓰는 것을 보여준다. 그녀는 고통들을 모아서 새로운 종류의 글로 전달한다.

글
쓴
이 **헤르미온 리**Hermione Lee

2008년부터 2017년까지 옥스퍼드 울프슨 칼리지 총장을 역임했다. 영국 학술원, 왕립문학협회, 미국 예술과학 학술원의 회원이다. 버지니아 울프와 에디스 와튼의 전기들, 윌라 캐더와 엘리자베스 보웬, 필립 로스에 관한 책들을 집필했다. 현재는 옥스퍼드 대학교 영문학과 명예교수다.

주

1   상세한 설명은 내가 쓴 다음 저서를 보라. *Virginia Woolf*,
    Chatto & Windus, 1996, Ch. 10. 얼마나 '불안과 우울이
    다른 질병이나 질환과 유사할 수 있는가'와 관련해 Emil
    Kraepelin을 인용한 부분에 대해서는 다음을 보라. Thomas
    Caramagno, *The Flight of the Mind: Virginia Woolf's Art and
    Manic-Depressive Illness*, University of California Press,
    1992, 13.

2   *The Diary of Virginia Woolf*, ed. Anne Olivier Bell, assisted
    by Andrew McNeillie, The Hogarth Press, 1980 [*Diary*],
    16 February 1930, III, 287.

3   *Diary*, 5 September 1925, III, 38.

4   *Diary*, 5 September 1925, III, 38; Letter to Vita
    Sackville-West [VSW], 7 September 1925, *The Letters
    of Virginia Woolf*, ed. Nigel Nicolson, assist. ed. Joanne
    Trautmann, The Hogarth Press, 1977 [*Letters*], III, 205;
    Diary, 14 September 1925, III, 40; Letter to Roger Fry,
    16 September 1925, *Letters*, III, 208; Letter to VSW,
    13 October 1925, *Letters*, III, 217; Letter to VSW,
    26? October 1925, *Letters*, III, 218; Letter to VSW, 16
    November 1925, *Letters*, III, 221; *Diary*, 27 November
    1925, III, 46.

5   *Diary*, 27 November 1925, III, 47.

6   *Diary*, 14 September 1925, III, 41.

7   Letter to T. S. Eliot, 3 [should be 8] September 1925, *Letters*, III, 203.

8   Letter to T. S. Eliot, 13 November 1925, *Letters*, III, 220.

9   *Diary*, 7 December 1925, III, 49.

10   T. S. Eliot, "The Idea of a Literary Review," Preface, *New Criterion*, IV (January 1925-1926), Faber & Gwyer.

11   *The Forum*, Vol. LXXV, No. 4, April 1926.

12   세 군데 중요한 변경이 있었다. 문학의 주제에 맞는 질병 목록에 '충수염과 암'이 포함되었다. 병을 대면하기 위해 "사자 조련사의 용기"를 가질 필요는 "만 명의 사자 조련사의 용기. 이 사자들은 우리의 바깥이 아닌 내면에 있으니까"가 되었다. 우리가 "윌리엄이나 앨리스"로 산다는 대목의 이름들은 (앞부분과 연결해서) 존스 부인이나 스미스 씨로 바뀌었다.

13   *Diary*, 2 September 1930, III, 315.

14   VW to "Anon," 10 December 1930, *Letters*, IV, 260. 다음을 참고하라. John H. Willis, Jr., *Leonard and Virginia Woolf as Publishers: The Hogarth Press, 1917-41*, University Press of Virginia, 1992, 34.

15   다음을 보라. *Virginia Woolf and the Essay*, eds. Beth Carole Rosenberg and Jeanne Dubino, St. Martin's Press,

1997; Juliet Dusinberre, *Virginia Woolf's Renaissance*, Macmillan, 1997.

16 "Melodious Meditations," 1917, *The Essays of Virginia Woolf* [*Essays*], ed. Andrew McNeillie, The Hogarth Press, 1987, Vol. II, 80.

17 Letter to Edward Sackville-West, 6 February 1926, *Letters*, III, 239-240.

18 다음과 비교해보라. 1926년 1월 26일 강의한(《아픈 것에 관하여》가 같은 달에 출판됐다) "In order to read poetry rightly, one must be in a rash, an extreme, a generous state of mind." "How Should One Read a Book?" 그리고 *Essays*, III, 395.

19 Letter to Vita Sackville-West, 23 September 1925, *Letters*, III, 215.

20 여기서 울프는 플러시 천 커튼보다는 '블라인드'를 이야기하는 원출처의 내용을 손보았다. "이 블라인드는 내게 그녀의 심한 괴로움을 말해주었다. 거기에 그녀가 괴로워서 손으로 움켜쥔 자국이 있었다. 그녀가 꽉 쥐어서 주름에 생긴 뒤틀린 자국은 심장 통증에 대해 말보다 더 많은 것을 말해주었다." Augustus Hare, *The Story of Two Noble Lives. Being Memorials of Charlotte, Countess Canning, and Louisa, Marchioness of Waterford*, London, George Allen, 1893, Vol. III, 23-24.

2부

Notes From Sick Rooms

by
Julia Stephen

병실 노트

줄리아 스티븐

줄리아 스티븐, 1880년대.

머리말

내가 간병인으로도 환자로도 경험이 제한적인지라, 이미 나온 간호 안내서에 말을 보탤 자격이 없을 것이다. 그런데 환자를 안심시키거나 불편하게 하는 상황을 실제로 관찰하고 애써 기록한 덕에 글을 쓰게 되었다. 거론해야 할 것을 그냥 넘어가고, 불필요한 언급을 많이 했다는 걸 안다.

변명하자면, 병실에서 내가 배웠거나 못 배운 것을 명확히 해두고 싶었다. 간병에 대단한 규칙들을 세우는 시늉은 하지 않겠다. 그저 질병에 도사린 불편한 상황들을 일부 줄이거나 제거할 방도를 짚어보려 한다. 나는 숙련된 병원 간호사들의 간호를 관찰할 수 있었고, 능란한 최고 능력자들과 지내보았다. 또 교육받지 않고 능란하지도 않지만 가르쳐줄 게 있는 사람들과도 지낸 바 있다.

몇몇 환자들을 직접 간호해봤고, 나 자신의 부족함으로 인해 고생을 많이 했기에 다른 사람들이 그런 고초를 겪지 않기를 바라는 바다.

~

    간병하는 사람이 되려는 것이 왜 미덕의 증거로 여겨지는지 자주 궁금하다. 건강한 사람들끼리의 관계보다 병약자와 건강한 사람의 관계가 훨씬 수월하고 상쾌하다.

    육체의 고통에 시달리는 광경이 너무 싫어서 병실을 진짜 '공포의 방'이 되게 하는 이들이 있기 마련이다. 그런 불운아들이 병실에서 권위를 갖는 것은 불가능해야 한다. 하지만 불운한 우연 때문에 그런 상황이 된다면, 그들이 책임진 불운한 병자들은 동정받아야 한다.

    질병은 죽음의 무소불위 능력을 많이 갖고 있다. 아니 그래야 할 것이다. 사람들은 죽음을 앞둔 이의 단점을 잊는다. 혹은 계속 담아두지 않는다. 누군가가 병에 걸리면 건강할 때는 친밀한 교제를 어렵게 하던 성격도 용납된다.

    고통이나 상실을 염두에 두지 않을 때는 친구가 옷 입는 방식이나 자녀를 양육하는 방식, 소비하는 방식이 다소간 불화를 일으키기 쉽다. 하지만 고통이나 상실의 위협을 받는 순간, 그런 문제들은 얼마나 사소해 보이는가! 상대가 두통을 앓고 열이 나면 우리는 꼴사나운 앞머리를 짜증내

지 않고 봐 넘길 수 있다. 또 버릇없는 아이들이 예전의 잊
지 못할 장난꾸러기처럼 '크리스털 버터 그릇'에 발을 넣
어도 내버려둬야 할 것 같다. 그게 통증에 시달리는 과하게
관대한 어머니에게 기쁨을 준다면.

간호 본능

  간병인의 생활은 지루하지 않으며, 숙련될수록 더욱
그렇다. 간병인은 간호 '기술'을 개발할수록 더 큰 즐거움
을 누리고, 환자 역시 마찬가지다. 병치레 기술은 터득하기
쉽지 않지만, 가장 위중한 환자들이 그런 기술을 보이는 경
우가 많다.

  가장 위중하다고 최악의 환자라는 뜻은 아니며, 그런
환자들에게 일시적이나마 위로를 건네는 일은 그 어떤 일
보다 큰 즐거움을 선사한다.

  간병인에게 누구를 보살피는지는 중요하지 않아야 한
다. 직업 간호사들이 환자를 '케이스case'*로 본다고 탓하는

---

*   '환자', '사례'라는 뜻이 있음.

말을 자주 듣는다. 환자를 케이스로 보는 게 담담하게 느끼는 것이라면, 이런 불평은 참으로 잔소리다. 간병인이 담담하지 않으면 환자를 케이스가 아니라 어떻게 봐야 할까? 더 나아가 왜 그래야 할까?

환자 개인이 아닌 '케이스'를 사랑하는 것이 진정한 간호 본능인 것 같다.

유독 매력적이거나 흥미로운 이력의 소유자들만 친절히 간호받는다면 힘들어질 것이다. 교육을 받았든 받지 않았든 모든 간병인은 환자를 '케이스'로 보고 모든 타인, 인정 없는 친구, 가장 가깝고 사랑하는 사람 할 것 없이 똑같이 상냥하게 보살펴야 한다.

직업 간호사가 보살피더라도 집에서 간호하는 경우 대부분은 가족이 살펴보고 돕기 마련이다—병실의 일을 방해하는 경우가 더 많지만.

그런 도움은 환자와 간호사의 생활을 더 수월하고 밝게 만들기도 한다. 하지만 그들이 열의 외에 기술과 요령이 없으면, 병실에서 그들의 존재는 바람직하기보다 방해가 되는 것이다.

혼동을 방지하려고 '간호사'라고 표현했지만, 내가 기

록한 내용은 주로 그처럼 간병하는 사람들이 대상이다. 모든 간병인의 필수적인 의무는 명랑해야 하는 것이다. 의도적인 억지 명랑함이 아니라, 주위에 압박감 대신 활기를 일으키는 조용한 쾌활함이어야 한다. 명랑함은 습관이다. 침울한 표정을 짓는 사람은 환자를 보살피면 안 된다. 병실 분위기는 유쾌하고 평온해야 한다. 성가신 가정사, 돈 문제, 근심거리, 온갖 논란은 병실에 얼씬대면 안 된다.

거짓말

그런 문제들은 절반도 다루어지면 안 된다. 암시와 귀엣말은 진실보다 나쁘다. 병자의 상상력은 무한하고, 친한 친구들조차 이 사실을 간과하기 일쑤다. 의문이 제기될 때 "아, 아무 일 아니야", "넌 걱정할 필요 없어"라는 대답은 불운한 병자를 초조하게 하고 흥분시키기만 한다. 환자는 별별 재앙을 의심해서 자신을 괴롭히고, 결국 용기를 내어 대답을 요구하면 무의식중에 그를 괴롭히던 사람은 파이프가 터졌다는 사실을 밝힌다!

힘든 일이 생기고 그걸 병자가 모르는 게 중요하다면,

간병인들은 최선을 다해 양심의 가책을 느끼지 말아야 한다. 질문을 받으면 '자유롭게 거짓말을 해야' 한다.

부스러기

질병을 맴도는 소소한 괴로움들 중, 크기는 가장 작아도 가장 큰 골칫거리인 게 부스러기다. 대부분의 사물이 기원이 밝혀졌지만, 침대 속 부스러기는 많은 이들을 괴롭히는데도 그 출처가 과학계에서 뜨거운 관심을 받은 적이 없다. 과학적이지도 않고 정통성도 없는 내 나름의 설명은 제시하지 않고 참겠다. 부스러기의 유해성이 인지되어 성격이 허락하는 한 대비해서 조심하기를 바랄 따름이다. 부스러기의 괴롭힘은 감자밭의 콜로라도 감자잎벌레*처럼 병상에서 없어져야 한다. 앓아본 사람은 별것 아닌 것으로 밝혀질망정 곧 부스러기를 조심할 것이다. 턱 밑에 냅킨을 끼우고 목을 침대 밖으로 뻗어서 불편하기 짝이 없게 식사하면서, 부스러기가 잠옷이나 상의 주름 속에 들어가지 않게 주

---

*   딱정벌레의 일종.

의할 것이다. 적을 좌절시켰으리라 기대하며 침대에 눕지만, 그는 앞에 있다. 뾰족한 부스러기가 등에 배기고 모래알이 발가락에 들러붙은 것 같다. 환자가 일어나 침구 정리를 시켜서 침대에 가보면, 부스러기들이 기다리는 걸 알게 된다. 가정부는 침대보를 털었다고, 간병인은 부스러기를 쓸어냈다고 주장하지만 부스러기는 거기에 있고, 간병인이 퇴치하리라 다짐하지 않으면 계속 남을 것이다. 그러려면 먼저 간병인이 부스러기가 있다고 믿어야 하는데, '내 침대에 부스러기가 있다'는 말처럼 믿기 힘든 주장은 없다. 매 끼니 후 간병인은 손을 침대에 넣고 부스러기가 있는지 만져봐야 한다. 침구를 정리할 때 간병인과 가정부는 털거나 쓸어내는 정도로 만족하면 안 된다. 작은 부스러기들은 침대보에 달라붙고, 간병인이 인내하며 하나하나 떼어내야 한다. 작은 부스러기가 아주 많은 경우, 손가락을 적셔서 부스러기를 뜯어내야 한다. 환자의 잠옷에도 부스러기가 있는지 찾아봐야 한다. 부스러기는 작은 주름이나 프릴 속에 숨는다. 잠옷 소매 위로 올라가기도 해서, 부스러기를 찾을 때 환자가 누워 있다면 팔을 침대 밖으로 뻗게 해야 한다. 그래야 거기에 있는 부스러기들이 아래로 떨어지게 할 수 있다. 부스러기가 없어지면—말하자면, 일시적으로. 식사 때마다 다시 생겨나니까. 또 이런 이유로 간병인은 마음을 먹어야 한다—간병인은 침대보 안에 남지 않았는지 확인해야 한다. 아래쪽 시트를 매트리스 위에 매끈하고 반듯하게 편 후 핀으로 고정하는 것이 부스러기를 남기지 않는 최선의 방책이다.

침대

흔히 시트를 '똑바로' 펴는 게 중요한 줄 모르지만, 잘못 펴면 앉을 경우 시트가 끌리고 핀으로 고정됐으면 찢어질 것이다. 담요는 한꺼번에 두세 장이 아니라 한 장 한 장 가볍게 펼쳐야 한다. 침구를 덮는 방식에 상당한 차이가 있다. 각각의 침구를 똑바로 매끈하게 펼쳐야 하고, 나중에 똑바로 당기면 안 된다. 환자가 침대에 있는 상태로 침구를 정돈할 때는, 밑의 시트를 반을 말아놓고 환자를 그 만 뭉치 위로 들었다가 반쯤 펼쳐놓은 새 시트 위로 옮긴다. 그런 다음 사용한 시트를 쉽게 빼내고 말아둔 새 시트를 펼쳐서 침대 모서리에 끼우고 필요하면 핀으로 고정한다. 위쪽

시트는 말거나 폭으로 접어서 발 쪽에서 시작해 담요들 밑
에 넣는다. 그러고 나서 담요들이 흐트러지지 않게 얼른 당
겨 사용한 시트를 빼낸다. 담요와 이불은 바닥에 끌리거나
미끄러지지 않게 펴야 한다. 그 외에 발 덮개가 있으면 환
자가 움직이거나 부주의한 사람이 지나갈 때 바닥에 끌리
지 않게 단속해야 한다. 침대 발치에 막음판이 없다면 수
건걸이를 이용해도 좋다. 제대로 된 막음판이 없으면, 침대
끝의 매트리스와 기둥들 사이에 단순한 널빤지를 넣어 판
을 만들면 된다. 수건걸이나 의자는 사람들이 지나다니다
가 걸어차기 쉬우니, 널빤지로 막으면 침대가 흔들려 생기
는 불편이 방지된다.

  깃털 이불이 필요하면 맨 위에 있는 덮을 것에 미국식
안전핀으로 고정한다.

  병상은 답답하고 불쾌해지기 쉽지만, 간병인이 위쪽
시트와 이불을 서너 번 들썩이면 침대에 바람이 들어가 환
자가 피로감이나 한기를 느끼지 않으면서 통풍할 수 있다.
환자가 무릎을 올리면 이런 식으로 직접 환기시킬 수 있다.
이때 손으로 시트의 가장자리를 들추고 한쪽 무릎을 들었
다 내리면 된다. 하지만 이 동작에도 기운이 필요하니, 누

군가가 침대 옆에 서서 통풍시켜주면 더 효과적이다.

흔히들 침대의 편안함은 베개가 좌우한다고 생각하고 내 생각도 그렇다. 편안했을 침대인데 딱딱하거나 물렁한 베개 때문에 아주 불편해진다. 누구나 베개들을 배치하는 나름의 방식이 있다. 혹자는 매끄럽고 반듯한 배치를 좋아하는가 하면, 혹자는 머리를 두지 못할 듯이 비딱하게 돌려놓으려 한다. 간병인은 환자가 선호하는 방식부터 파악해 베개들을 배치해야 한다. 간병인이 과하게 열심히 베개를 들고 가장 불편해 보이게 배치해 환자가 고생하는 경우를 자주 본다. 사실 환자가 원하는 방식에 딱 맞는 배치는 무수히 고생한 후에야 터득된다. 간병인은 언제나 필요하면 베개를 돌려줄 준비가 되어 있어야 한다. 환자의 뒤통수에 한 손을 받치고 다른 손으로 얼른 베개를 돌려 제자리에 놓는 방식으로 피로감 없이 조정할 수 있다. 손바닥을 살짝 둥그렇게 하는 것도 도움이 된다. 간병인들은 자주 두 손가락을 사용하는데, 그게 뒤통수를 꾹 누르면 베개를 돌리는 과정이 몹시 괴로워진다. 가까이에 여분의 베개가 없는데 환자가 머리를 더 높이고 싶으면, 등이나 뺨 아래 베개의 모서리를 접어 편한 자세를 취하면 된다. 하지만 간병인이 그런 시도를 하면 안 된다. 불편한 자세이므로 환자가 직접 손과 뺨으로 해야 적절한 굴곡이 만들어질 수 있다.

방수 시트

방수 시트가 필요한 경우 최상의 침구 정리법은 이것이다. 평소처럼 아래쪽 시트 밑에 좋은 담요를 깔고 그 위에 방수 시트, 그 위에 담요, 그 위에 시트를 깐다. 이것들은 침대에 끼우지 않는다. 방수 시트가 불필요해지면 위쪽 시트와 담요와 방수 시트를 환자의 몸 아래에서 빼내면 된다. 그러면 환자는 깨끗하게 새로 정리한 침구 위에 누울 수 있다.

환자가 방수 시트 위에 눕는 시간이 짧을수록 좋다. 냄새와 열기는 큰 불편을 초래하며, 좋은 담요를 깔면 매트리스가 삐걱대지 않는다. 간병인들은 방수 시트의 필요성을 과장하는 경향이 있고, 그게 거북하고 불편하게 한다는 사실을 믿지 않는다. 간병인에게 절약은 큰 미덕이고, 아무리 가벼운 질병도 비용이 들기 마련이다. 하지만 미덕이 과하면 안 된다.

세탁비 증가보다 큰 불편을 감수하려는 이들이 많다. 또 간병인이 그런 부류라면 환자의 쾌적함과 청결을 유지하면서도 비용을 절감하려고 최선을 다해야 한다. 환자가 비용을 걱정하는 것만치 해로운 일은 없다. 또 환자가 일정액을 초과하면 곤란한 수부일 경우 투병 중 무엇보다 비용 문제를 감안해야 한다. 하지만 그런 환자가 아니라서 간병인이 청결의 '호사'를 누릴 수 있다면, 깨끗한 침구류와 옷을 최대한 확보해 사용하라고 조언하겠다.

내가 판단할 수 있는 한, 깨끗한 시트를 한 장만 쓸 수 있다면 위에 펼쳐야 하고 위에 있던 것은 밑에 까는 게 간병인들의 확고한 규칙이다.

그러는 확실한 이유는 눈에 보이는 위쪽 시트가 반들대는 새것이어야 하기 때문이다. 여기에 반대하는 확실한 이유로, 밑에 까는 시트가 몸에 닿으므로 환자의 쾌적함을 위해 깨끗한 시트가 한 장뿐이라면 환자가 그 위에 눕도록 밑에 깔라고 당부하겠다. 덮는 시트는 더럽혀지지 않고 '흐트러지기만' 한다는 걸 잘 안다. 하지만 침대에 오래 누워 있기 힘들게 하는 요소는 바로 그 흐트러짐, 반듯하지 않고 정갈하지 않은 것이다. 그러니 다들 아는 것처럼 위쪽 시트

는 흐트러지기만 하니, 의사만 보고 넘기면 그뿐이다. 환자
가 해골 부인이 아니라면, 모양새보다 쾌적함을 선호할 것
이다.

손수건

부스러기가 침대에서 가장 잘 버틴다면, 손수건은 가
장 잘 사라진다고 볼 만하다. 늘 베개 밑에 두는데도 묘하게
자취를 감춘다. 매일 손수건 찾기 놀이를 하는 것을 방지하
려면, 환자에게 손수건 두 장을 구비해주면 좋다—베개의
양 끝에 한 장씩 놔둔다. 환자가 베드재킷*을 입는다면, 주
머니가 달려 있어야 한다. 재킷은 잠옷 소매가 쉽게 들어가
도록 겨드랑이와 소매의 통이 넉넉해야 한다고 조언한다.
목에 두꺼운 프릴이나 장식이 있으면 곤란하다. 그런 재킷
이 예쁘고 어울려 보여도, 덥고 입기에 불편하다. 또 프릴이
곧 주저앉아 지저분해지기 때문에 나중에는 예뻐 보이지
않는다.

*   침대에 앉아 있을 때 입는 가벼운 상의.

씻기기

간병에서 가장 성가시고 필요하면서 한숨 나오는 일
은 씻기기다. 씻는 데 집착하는 이들이 많다. 그런 환자들
에게 비누와 물을 술처럼 보고 욕망을 누르라고 간청하고
싶다. 매일 간단한 씻기로 만족하길 바란다. 매일 구석구석
깨끗이 씻지 않으면 몸이 더럽다고 생각하지 말길 바란다.
하지만 간병인은 환자의 욕구를 완전히 무시하러 온 게 아
니니, 환자가 행복하도록 요구를 최대한 들어줘야 한다. 그
게 쉽지 않은 경우가 많지만, 간병인이 잘만 하면 환자가
춥지 않고 비교적 덜 피곤하게 잘 씻길 수 있다.

씻는 데 필요한 물품들을 준비해야 한다. 냉수와 온
수, 욕탕 온도계, 따뜻한 수건 여러 장, 낡은 면 잠옷, 여분
의 담요도 미리 챙긴다. 옷을 벗기기 전에, 필요할 만한 물
품이 다 갖춰졌는지 확인해야 한다. 왔다 갔다 하면 안 되
고, 누가 병실에 들어와도 안 된다. 일단 씻기기 시작하면
지체하면 안 된다.

물론 환자를 조금씩 씻겨야 한다. 노출 부위는 덥힌
면포로 덮고, 할 수 있으면 이 면포 아래로 씻고 물기를 닦

아야 한다.

각 부위는 물기를 잘 닦고, 즉시 옷을 입힐 수 없다면
미끄러지지 않는 천으로 덮은 후 나머지 정리를 시작해야
한다. 약간의 식초, 오드콜로뉴eau de Cologne*, 장미수는 더
개운하게 하고, 오드콜로뉴는 한기를 막아주기도 한다. 수
건들은 따뜻해야 하지만 뜨거우면 안 된다. 씻은 후의 피부
는 무척 예민하므로 수건은 뜨겁지 않고 피부와 같은 온기
가 있어야 한다. 수건으로 가만가만 닦아야 한다. 수건으로
환자의 젖은 피부를 갑자기 닦아서 공기가 펄럭거리면 매
서운 한기가 일어나지만, 간병인들은 의식하지 못하기 일
쑤다. 두 명이 씻긴다면 한 명은 수건을 들고 난롯불 앞으
로 가서 골고루 따뜻해지되 뜨거워지지 않게 수건을 덥혀
야 한다. 간병인이 한 명이라면 씻기기 시작하기 전에 한동
안 불 가까이에서 수건을 덥히고, 씻기기 시작하면서 수건
을 뒤집는다. 우연히 수건 일부가 너무 뜨거운 걸 알면—
간병인은 늘 수건 위에서 손을 움직여 확인한 후 수건을 사
용해야 한다—환자의 몸을 가려놓고 얼른 수건을 흔들어

*   '콜로뉴의 물'이라는 뜻으로 향수의 일종.

쾌적한 온도가 되게 한다.

난롯불이 없을 때는 뜨거운 발보온기에 수건을 두르면 난롯불처럼 데울 수 있다.

목욕

목욕을 시킬 때도 같은 과정을 따라야 한다. 하지만 간병인은 환자를 욕조로 옮길 때 매우 조심스럽게 욕조에 앉혀야 한다. 스스로를 주체할 수 없는 환자를 목욕시킬 때는 필수적으로 두 명이 필요하다. 환자의 발이 먼저 물에 닿아야 하고, 욕조에 있는 동안 간병인이 손으로 물을 옮겨 환자의 몸이 잠기게 해야 충격을 피할 수 있다. 안겨서 욕조로 옮겨지는 일은 신경을 무척 예민하게 하고, 옆에서 보는 사람들이 예상하는 것보다 그 정도가 심하다. 간병인은 최대한 환자를 안심시켜야 하고, 정확한 수온을 알려주는 것은 물론 욕조에 들어가기 전에 손으로 물을 만져보게 해야 한다. 욕조에서 들어 올릴 때는 크고 따뜻한 시트를 준비했다가 즉시 덮어주어야 한다. 그런 다음 따뜻한 담요가 깔린 소파로 옮긴다. 담요 위에 환자가 누워 몸을 감싸야

한다. 앞서 몸을 감싸 축축한 시트는 담요를 덮어준 채로
벗기고, 환자를 따뜻한 수건으로 완전히 닦아준다. 이런 식
으로 목욕하면 환자가 거의 피곤하지 않지만, 목욕과 물기
를 닦는 과정은 조용히 진행되어야 한다. 씻기는 이들의 쓸
데없는 말이 병자에게 상처가 된다. "됐어요", "아, 여기 있
네요", "잠깐 기다려요"라는 말은 거슬리고 목욕이 주는 상
쾌함을 빼앗는다.

    간병인은 환자의 몸에 있을 만한 긁히거나 상처 난 부
분을 문지르거나 비누질해서 자극하지 않도록 극도로 주의
해야 한다. 가벼운 통증일지라도 병치레 중에는 사소한 것
이란 없고, 작은 긁힌 자국을 비누질하면 상당히 '벗겨져
서' 결국 예민한 환자의 수면을 방해한다. 간병인은 매끄러
운 손과 짧은 손톱을 유지하는 데 신경 써야 한다. 많은 이
들이 자랑하는 예쁜 개암 모양의 손톱은 불운한 환자에게
는 문자 그대로 '살에 박힌 가시'다. "내가 조심하니 찔리
지 않아요"라는 간병인의 장담은 환자에게 위로가 되지 않
는다.

    손을 씻길 때는 대야를 손아래에 두어야, 자주 그러
듯 물이 소매로 흐르지 않고 밑으로 떨어진다. 우연히 소매

가 젖으면, 젖은 부분과 팔 사이에 솜을 끼우고 젖은 부분에 오드콜로뉴를 뿌리면 좋다. 침대가 살짝 젖었다면, 오드콜로뉴를 뿌리면 한기가 없다. 하지만 많이 젖었는데 시트를 교체할 수 없다면, 뜨거운 다리미로 젖은 부분 위를 왔다 갔다 하면 곧 마른다. 다림질할 때는 환자가 화상을 입지 않도록 극도로 조심해야 할 뿐 아니라, 화상을 입을 수가 없도록 극도로 유의한다고 안심시켜야 한다.

발 씻기는 병자들에게 큰 기분 전환이 된다. 환자에게 가장 안전하고 피로감 없이 씻길 수 있는 신체 부위가 발이기도 하다. 침대 옆면으로 발을 내리고 그 밑에 따뜻한 면포를 깐다. 족욕통이나 대야를 바로 밑에 놓으면 쉽고 적절하게 비누질해서 스펀지로 문지를 수 있다.

양쪽 발을 각각 씻겨야 하고, 스펀지를 치웠을 때는 따뜻한 면포에 발을 감싸고 따뜻한 수건으로 말려야 한다. 심한 심장질환자라면 발 씻기를 무척 두려워할 것이다. 하지만 간병인이 설득할 수 있으면 다른 환자보다 훨씬 큰 효과를 얻는다. 그런 질병의 경우에는 발에 두껍고 건조한 피부가 형성되어 견딜 수 없는 열기와 자극을 일으키기 때문이다. 실제로 발을 씻을 필요가 없으면, 발 위와 발가락들 사이에 오드콜로뉴를 문질러주면 기분이 좋아진다.

두발

병자의 두발을 다룰 때 처음에는 도끼빗을 사용해야 한다. 그런 빗이 없으면 보통 빗의 큰 이 부분을 써야 한다. 엉긴 부분을 빗길 때는 환자가 아파하지 않도록 모근 근처를 잡고 빗질한다. 머리칼을 가볍게 만지고, 머리통을 흔히 하듯 이리저리 당기지 말고 그대로 두고 빗긴다.

간병인은 빗질하는 '부위'를 신경 써서 봐야 한다. 환자의 눈썹까지 빗질하는 경우도 있는 건 황당하지만 불쾌한 사실이다. 간병인은 항상 브러시에 낀 머리칼을 제거한후에 빗질해야 한다. 브러시가 움직일 때마다 긴 머리칼이 얼굴 위로 천천히 지나면 너무도 짜증스럽다.

머리카락은 부스러기만큼은 아니어도 무척 괴로운 침대 속 침입자다. 그러니 간병인이 환자의 머리를 빗긴 후 머리칼을 잠옷이나 침구에 남기면 변명의 여지가 없다.

변기가 필요할 경우 간병인은 환자가 두 번 일어나게 하면 안 된다. 변기를 적절한 위치에 밀어 넣고, 나중에는 변기를 빼는 동시에 환자의 옷을 똑바로 내린다.

환자가 너무 기운이 없고 안절부절못하면 작은 방수포와 수건을 변기 밑에 깔면 된다. 그것들은 변기를 미는 동시에 깐다. 뜨거운 식초는 최고의 소독제다. 빈 잼 단지에 식초를 넣고, 타는 석탄 한두 조각을 떨구는 것이 가장 안전한 사용법이다. 환자가 꺼리지 않으면 식초 냄새는 향주머니나 고체 훈증제보다 훨씬 건강에 좋다. 사니타스 Sanitas*는 감탄할 만한 정화 물질이다. 소량을 사용하면 곧 모든 악취를 제거하고, 옷과 침대 안쪽에 뿌리면 아주 상쾌하다. 붕산은 신통한 탈취제로, 소량의 결정을 물에 녹여 그릇에 담아 사용하면 어떤 악취도 빨아들인다. 무색무취여서 콘디액Condy**이나 석탄산carbolic acid***보다 낫다.

공기

환기에 대한 훌륭한 글이 많으니 이 말만 해야겠다.

---

*   방부소독제의 일종.
**   소독액.
*** 세계 최초의 소독약.

매일 병실을 환기시키는 데는 어떤 위험도 없다. 창문을 열고 있는 동안뿐 아니라 닫은 후에도 한동안 환자를 단단히 싸맸다가 차츰 이불을 벗기기만 하면 된다.

촛불 연기는 병실에서 가장 역한 냄새를 유발하는 요인이고, 간병인이 신중하고 배려심이 깊어도 환자가 계속 그 냄새를 맡으니, 연기를 확실히 없앨 방법은 단 하나임을 강조하고 싶다. 즉, 얇은 종이 도련칼이나 가까이 있는 가볍고 납작한 물건으로 심지를 눌러 끄는 것이다(이 글을 쓴 이후 친구가 양초 심지용 가위를 보내주었는데, 연기 나지 않게 불을 끄는 유일한 도구다. 상자 모양이 아니라 평편한 형태이며, 양초 심지를 자르거나 누르지 않으면서 효과적으로 냄새를 막아준다). 불꽃이 꺼지는 순간 심지가 서 있을 수 있고 초가 망가지지 않을 것이다. 초를 굴뚝에 대고 위쪽이나 바깥쪽으로 숨을 불어 끄는 것도 좋은 방법이지만 확실하지는 않다. 소등기*를 쓰는 것은 최악의 방법이다. 소등기 안에 갇힌 연기가 차츰 흘러나와 불쾌한 시간을 늘리거나, 다시 초를 켜려고 소등기를 치울 때까지 연기가 남아 있다가 새어 나온다. 당연히

* 촛불이나 등불을 눌러 끄는 속이 빈 원뿔형 기구.

전자보다 후자가 더 나쁘다. 야간등 역시 고약한 냄새를 일으키므로 꺼야 한다. 초 동강을 난롯불에 던지면 안 된다. 기름 타는 냄새처럼 역한 냄새는 없다.

불빛

야간에 방에 불빛이 있는 걸 싫어하는 환자들이 많다. 이런 경우 간병인은 가능하면 불빛 없이 지내야 한다. 간병인들의 예상보다 이런 경우가 많을 수 있다. 당연히 양초와 성냥을 가까이 두어야 하고, 옆방이나 통로에 불을 하나 켜두어도 좋다. 하지만 환자가 방이 어둡기를 바라면, 간병인은 그렇게 해주려고 노력해야 한다.

불빛이 필요하면 솜씨 있게 가려야 한다. 솜씨 있게 가린다는 것은 빛 자체를 가리는 것뿐 아니라 빛의 반사까지 환자의 눈에 최대한 보이지 않게 한다는 의미다.

친절하고 솜씨 좋은 간병인이 촛불을 잘 가려놨지만, 불빛이 뒤편 거울에 반사된다는 사실을 모르는 걸 본 적이 있다. 안전하게 빛을 가리려고 야간등을 대야에 담기도 하지만, 아름다운 둥근 빛이 천장에 반사되고, 작은 등불이 반들대는 도자기 때문에 열 배는 커진다. 낮의 햇빛도 똑같이 신중하게 가려야 한다. 블라인드와 커튼을 쳐도 틈새가 벌어지지 않는지 확인해야 한다. 커튼을 제대로 닫지 않을 때 비스듬히 드는 빛은 넓게 비치는 빛보다 거슬린다.

불을 내려놓을 때마다 환자가 위험을 느낄 만한 자리에서 멀찍이 두어야 한다. 무력한 이들이 안고 사는 많은 공포 중에는 침대에서 화상을 입는 사고도 있다. 서 있는 사람과 침대에 누운 사람이 느끼는 거리감은 다르다. 서 있는 사람에게 안전한 거리도 누운 사람에게는 위태롭게 가까워 보인다. 그러니 간병인은 그런 의견을 두고 입씨름하지 말고, 불을 옮기거나 그럴 수 없으면 환자가 위험하지 않다고 믿도록 '입증'해야 한다.

간병인들은 환자를 설득하거나 적어도 설득하려고 애쓰는 실수를 흔히 저지른다(건강한 사람이든 병자든 설득하기 어렵다는 걸 우리는 안다). 환자는 심한 피로감 때문에 체념하기 일쑤지만, 여전히 설득되지 않고 꿈쩍하지 않는다. 입씨름을 재개하고 싶지 않아 자신의 논리와 간병인의 논리를 곱씹고 사소한 일을 걱정한다. 모든 간병인은 가능한 한 환자의 마음을 편하게 해줘야 한다고 강력히 강조하고 싶다.

간병인들은 병실에 들어오는 불편한 요소들을 다 통제할 수 없고, 환자의 머릿속에 자리 잡은 다양한 고민들을 다 감당할 수 없다. 하지만 간병인들은 일부 고민들을 완화시킬 수 있으며, 그런 문제를 자초하지 않도록 조심할 수 있고 또 조심해야 한다.

공상

환자의 공상은 황당해 보이고 그런 경우가 많지만, 입씨름한다고 잦아들지 않는다. 환자가 감정을 감추기 때문에 언쟁은 공상을 키울 뿐이고 심기도 더 불편해진다―육체의 고통을 심화시키는 확실한 길이다. 신중하고 배려심이 많은 간병인에게 오는 보상 중 하나는 환자가 황당한 공상을 하지 않는 것이다. 간병인이 상황을 제대로 살폈다는 걸 알면 환자는 마음이 편해져서 쓸데없는 질문과 의심을 하며 간병인을 불안하게 하지 않을 것이다.

물론 환자가 까다롭게 굴 의도가 없어도 원래 예민하거나 고통으로 너무 날카로워져서, 신중하고 분별력 있는 간병인들도 감지 못 하는 한기나 냄새를 느낄 수 있다. 따라서 간병인은 유령이 존재한다는 것을 부인하면 안 된다. 어느 결에 문이나 창문이 열려서, 건강한 사람도 못 느끼는 한기를 환자가 느낄지 모른다. 부엌 난로에 뭐가 떨어졌거나 소량의 가스가 새는데 환자만 감지할 수도 있다. 간병인은 이런 유령들이 존재한다면 제거해야 하고, 유령이 실제인지 공상인지 확실히 조사해야 한다. 추위는 상상으로 생길 리 없지만, 한기에 대한 초조한 염려는 환자를 괴롭힐 수 있다. 간병인의 주된 임무는 환자의 심신을 편하게 하는 것이다.

환자가 일정 시간 혼자 있을 만한 상태라면, 종을 가까이 두어 작은 일이라도 급히 원하는 게 있을 때 울리게 해야 한다. 간병인은 환자 곁을 황급히 떠나지 말고, 모든 것이 제대로 있는지와 환자가 원하는 바를 다 말했는지가 확실해질 때까지 기다려야 한다. 병이 나면 의사를 표현하려 할 때 머리가 더디게 돌아가서, 생각이 잘 나지 않는 느낌이 말할 능력을 앗아간다.

간병인은, 특히 아마추어라면 병실에서 일어난 일들을 꾸준히 기록하는 것이 유용하다는 사실을 실감할 것이다. 식사와 약 복용 시간, 체온이나 증상의 변화, 수면 시간

등등. 병실은 무척 단조롭다. 누군가가 환자의 하루를 이루는 작은 사건들을 순서대로 기억하려 한다면, 의심스러운 대목을 발견하고 당황하는 자신에게 놀랄 것이다. 의사는 신중한 관찰자의 일지를 무척 반긴다. 홍조, 불안, 흥분 같은 증상들과 발생 시간은 질병의 중요한 특징이다. 하지만 기록해두지 않으면 의사의 왕진 시간에 간병인은 내용을 잊기 쉽다.

문병

친구들이 최대 적이라는 진부한 말이 있지만, 병치레 중에는 뼈아픈 사실이다. 친절한 사람들이 서로 놀리는 것은 아주 고통스럽지만 않다면 재미날 것이다. 대부분의 병자들은 문병을 받을 때 시간 여유를 두어야 하지만 친구들에게 이 사실을 주지시키기는 어렵다. 매일 이런저런 문병객이 너무 일찍 도착해서 기다린다는 반갑지 않은 전갈이 병실에 전해진다. 병자는 서둘러 식사하거나 옷을 갈아입거나 목전의 일을 해야 하고, 그래서 친구의 문병을 즐기기에는 몸 상태가 좋지 못하다.

　　손님들은 방문에 대해 사과하는 불편한 습관이 있다. 환자는 당연히 말하고 듣고 싶은 얘기가 많지만 손님의 체류 시간은 짧다. 따라서 문병객들이 곧 갈 거고 대화할 의사가 없다는 말을 늘어놓느라 만남의 시간을 더 줄이는 것은 극도로 짜증스러운 일이다. 대부분의 문병객들은 모든 병이 환자의 뇌나 귀에 영향을 준다는 망상을 갖는다. 그게 아니라면 왜 짐짓 명랑하게 굴고 또박또박 발음할까. 총명한 페커비 부인이 바티스트 씨가 알아듣도록 엉터리 영어를 구사하는 장면이 연상된다.

　　문병객들은 병실에 곧장 들어와야 한다. 도착 사실을 알린 후 병실 밖에서 시간을 끌면서 소곤대면 안 된다. 병자가 보고 들을 수 있는 거리에 들어올 때까지 말을 시작하면 안 된다. 반쯤 들어서서 문간에서 말을 시작하는 습관, 그리고 더 나쁜 경우인 열린 문을 잡고 서서 말하는 습관은 (소식을 전하는 하인들은 대개 이렇게 행동하므로 간병인이 제지해야 한다), 환자가 회복할 때까지 문병하지 않는 게 낫다는 점을 보여준다. 환자가 잠든 상태에서 문병객이 방에 들어온다면, 환자가 놀라서 깰 때까지 쳐다보면서 서 있지 말고 곧장 물러가야 한다.

손님은 병상에 앉으면 안 된다. 불필요한 지적인 듯싶지만, 병실에 잠시만 있으면 자주 벌어지는 일임을 알 것이다. 황급한 문병은 만류하고 싶다. 환자는 문병이 급히 끝나버리느니 차라리 친한 친구들을 만나지 않기를 바라곤 한다. 유쾌한 내화를 할 수 없고, 서로 기분 전환이 되는 만남을 즐길 수 없기 때문이다.

간병인은 문병객들을 돌려보내는 소임을 맡아야 한다. 그게 어렵고 내키지 않는 일이라면, 환자 자신에게는 더 어렵고 내키지 않는 일이라는 점을 명심하자. 환자는 친구들에게 가라고 말할 용기가 없다. 그러니 간병인이 대신해주면 무척 고마울 것이다.

소음

병실에서는 모든 움직임이 조용해야 한다. 문을 쾅 닫거나 삐걱대는 발자국 소리를 말하는 게 아니다. 정말 소란스러운 사람들은 병실과 아무 상관도 없으니까.

간병인들이나 문병객들은 조용히 얌전하게 움직여야 한다. 아무리 급한 용무가 있어도 의자에서 벌떡 일어나면 안 된다. 옷이 버스럭대는 소리, 무릎에서 물건이 떨어지는 소리, 나중에 그걸 찾는 소리는 환자가 자신이 그런 소란을 일으켰다고 후회하게 한다.

저녁이 되면 간병인은 환자에게 필요한 용품들이 다 갖추어졌는지 확인해야 한다. 야식거리와 약을 챙길 뿐 아니라 주전자에 물이 가득 담겼는지도 확인해야 한다. 성냥, 나무, 석탄, 여분의 초 한두 자루, 충분한 물, 찜질 도구도 가까이 있는지 살핀다. 밤새 병세가 전환점을 맞거나 새 양상을 띠는 경험을 흔히 한다. 간병인은 지체 없이 상황에 대비할 수 있도록 일반적인 약품을 구비해두어야 한다. 그 무엇도 뒤늦게 가져오면 곤란하다. 병실에서 수선을 피우거나 소음을 일으켜도 안 된다. 밤이 다가오면 병실은 점점 고요해져야 한다. 난롯불은 일찌감치 피운다. 재 긁는 소리나 석탄을 쓸어내는 소리가 몹시 거슬리기 때문이다. 간단히 말해 병실이 살그머니 조용해져서 환자가 어느 순간에라도 스르르 잠들 수 있고, 아직 처리할 불안한 일이 있다는 느낌으로 쉴 기회를 잃지 않을 거라 믿어야 한다. 야간 간병인은 자신뿐 아니라 환자를 위해서도 난롯가에 앉아서 손을 따뜻하게 유지해야 한다. 차가운 손이 닿으면 자던 환자가 확 깬다. 환자가 깨더라도 간병인은 즉시 달래서 잠들게 해야 한다. 가정부용 장갑을 석탄 옆에 두면, 환자를 방해하거나 간병인이 손을 더럽히지 않고 석탄을 불에 던질 수 있다.

먹이기

밤에 식사를 주어야 한다면, 그것을 데우거나 다른 걸 준비하는 일은 가능하면 옆방에서 한다. 그러기 어렵다면 간병인은 조용히 움직여야 하고, 식사가 준비되면 환자가 전혀 기력이 없는 경우만 아니라면 완전히 깬 상태에서 먹게 해야 한다.

불면의 밤을 보낸 병자가 식사를 요구한 후 잠드는 것은 병의 변덕스러운 일면이다. 원하는 게 준비된다는 걸 알면 마음이 편해져서 잠드는 듯하다. 이런 경우가 생기면 간병인은 성가셔도 음식을 그냥 두고 나중에 환자가 요구할 때 새로 준비하기로 작정해야 한다. 음식은 일정하고 변화 없는 방식으로 먹게 해야 환자가 동요하지 않는다.

알코올램프는 음식을 데우거나 물을 끓일 때 매우 유

용하다. 알코올이 계속 흔들리므로 가능하면 대리석 받침
대나 탁자에 올려놓아야 한다. 불꽃은 곧 꺼지고 아주 해롭
지도 않지만 환자에게 동요와 경계심을 일으킨다.

밤에 환자가 책을 읽어줄 것을 원한다면, 낭독자는 각
단어가 귀에 쏙쏙 들어오게 또렷하고 큰 소리로 읽어야 한
다. 낭독 중 환자가 잠들면, 낭독자는 멈추지 말고 한동안
같은 어조로 읽다가 점점 소리를 낮추면서 잦아들게 해야
한다.

병치레가 한동안 지속되면 병자는 주변 환경에 싫증
내게 된다. 결국 견디기 힘들 때까지 벽에 걸린 같은 그림
들을 보고, 멋지거나 꼴사나운 벽지 문양을 보는 것이다.
간병인이 이런 것들을 바꾸지는 못하더라도, 방에 어느 정
도 변화를 줄 수는 있다. 거울을 하늘과 나무를 비추도록
설치해도 좋다. 혹은 런던이라면 거리의 풍경이 오랫동안
좁은 병실에 갇힌 시야에 신선함을 선사할 것이다.

화분과 꽃을 환자가 가장 좋은 형태와 색상을 보도록,
또 힘들이지 않고 볼 수 있도록 배치해야 한다. 물건이 비뚤
게 놓이는 걸 꺼리는 이들이 많고, 불안한 환자는 탁자 가장
자리에 물건이 놓이면 겁을 낸다. 누군가가 지나가다 건드

려서 책이나 화병이 바닥에 떨어지는 상상을 할 것이다.

병자가 전갈을 보내고 싶어 하거나 메모 대필을 원하면, 간병인이나 친구는 최대한 서둘러 실행하려 애써야 한다. 참을성 많은 환자도 즉시 해달라고 청한 요구가 지체되거나 나중에 처리된다는 답을 들으면 실망감을 감당하지 못한다. 권태로운 생활 속에서는 소소한 일도 중요해진다. 쪽지를 보낸 지 얼마 안 지났는데도 환자는 계속 회신을 기대하다가, 그냥 있지 않고 다시 직접 써서 보내려고 할 수도 있다.

옷 입히기

환자에게 옷을 입히고 소파에 앉힐 수 있으면, 간병인은 옷소매를 손에 쥐어 환자가 어렵지 않게 팔을 끼우게 해줘야 한다.

모든 옷은 입기 전에 따뜻하게 덥히고, 나중에 당기는 게 아니라 처음부터 내려줘야 한다. 회복기 환자는 옷이 불편해서 처음에는 일어나기 어렵다. 모든 움직임이 주름을 만들지만, 환자는 아직 똑바로 서서 주름을 펼 기운이 없다.

간병인은 늘 환자의 옷을 아래로 내려줄 채비를 해야
하고, 면 속옷이나 살에 닿는 옷부터 내린다. 처음에 내려
야 할 옷가지를 미뤄두고 페티코트부터 내리기 마련이지만
그러면 안 된다. 드레스를 너무 당기지 않게 조심해야 한
다. 그러지 않으면 옷이 목에 걸려 불편하기 짝이 없다.

앞에 간병인의 평범한 임무들을 일부 기록해봤다. 간
병이라고 부르기 힘든 병실의 소소한 일상사들이지만 잘못
수행하거나 방치하면 환자의 안위에 실제로 영향을 미치고
심지어 회복을 지체시킨다는 점을 지적하려 애썼다.

조리

몇 가지 조리법과 그것을 여러 질환에 유용하게 쓸 방
안에 대해 몇 마디 덧붙이고 싶다. 꼭 다루어야 하는데 언
급하지 않은 항목들이 많다는 걸 잘 안다. 하지만 내 경험
들만 알려주고 싶고, 지켜볼 기회가 있었던 질환들에 유용
하거나 유용하지 않은 조리법들만 거론하고 싶다. 간병인
들은 조리에 대해 알고 환자에게 음식을 대접할 채비가 되
어 있으니 환자식부터 시작하겠다. 물론 간병인은 환자에

게 주기 전에 모든 음식을 살펴봐야 한다. 직접 주지 않는 경우에도 마찬가지다. 곰국은 기름이 잔뜩 낀 채로 부엌에서 나오기 일쑤다. 간병인이 곰국 위에 누런 종이를 띄워서 기름을 제거하면 된다. 몇 초 만에 종이가 기름기를 흡수한다. 아마도 컵이 기름 냄새가 나고 지저분해 보일 것이므로, 간병인이 뜨거운 곰국을 미리 준비한 말끔하고 따뜻한 컵에 따르면 된다. 곰국이 걸쭉하면 냉수를 적신 모슬린 천에 걸러야 한다. 이렇게 한 후 곰국을 알코올램프에 데워야 할 것이다.

여분의 컵 두어 개, 유리잔, 수저, 사발, 깨끗한 보를 늘 가까이 놔둬야 한다. 마시기에 적합한 컵은 유리잔으로, 젖병용 솔을 이용해 쉽게 씻을 수 있다. 환자가 곰국을 싫증내면 소고기와 송아지고기를 섞어 색다르게 만들면 된다.

갓 도축한 소고기 1킬로그램에서 1.5킬로그램 정도와 같은 양의 송아지고기로 만든 곰국이 가장 맛있다. 지방과 껍질을 다 뗀 고기를 깍둑썰기해서 소금 약간을 넣어 단지에 담고 고기가 잠길 만큼 물을 붓는다. 이 단지를 뚜껑이나 두꺼운 보로 덮어 물이 담긴 냄비에 넣고 불에 올려 뭉근하게 끓인다. 세 시간 후면 진한 곰국 한 컵이 나온다. 하지만 곰국 전량을 식히는 게 더 낫다. 그러면 기름을 걷어 낼 수 있고, 젤리처럼 된 곰국은 필요할 때 데우면 된다. 한 꺼번에 많은 양을 만들 경우 매일 끓이지 않으면 상한다. 아주 진한 곰국은 단단하게 굳지 않는다는 점을 환자와 간 병인은 기억해야 한다. 소 정강이뼈나 송아지 무릎 고기를 조금 넣지 않으면 쫀득해지지 않는다. 환자가 젤리형 국물 을 선호한다면 그런 부위를 넣어야 하며, 곰국을 제대로 졸 이지 않으면 젤리형 국물이 심심해진다.

졸이는 것은 곰국을 끓인다는 뜻이고, 양은 줄어들 어도 질은 줄지 않는다. 이 설명이 과하다 싶지만, 지인인 뛰어난 간병인은 물을 첨가해 곰국을 '졸인다.' 그레이비 gravy*나 육수를 많이 졸이면 소금이 필요 없다는 걸 기억할 것이다. 입병을 앓는 환자는 툭하면 곰국에 소금이 너무 많 이 들었다고 불평하지만, 소금이 전혀 안 들었다는 답을 들 으면 입을 다문다. 환자가 이런 통증을 겪으면, 진한 농도 가 염분을 증가시키므로 음식을 많이 졸이면 안 된다. 음식 을 떠먹여야 하면, 환자의 입맛을 면밀히 관찰해 고기를 아

---

*   육즙을 이용해 만든 소스의 일종.

주 신경 써서 잘라야 한다. 한입 분량은 중간 정도의 양이어야 한다. 흔히 조금씩 먹어야 입맛이 산다고 짐작하지만, 너무 조금씩 먹노라면 음식을 다 먹기도 전에 지친다. 간병인은 손으로 환자의 음식을 만지면 안 되고, 음식을 먹이기 전에 손을 아주 깨끗이 씻어야 한다. 뜨거운 음식을 입으로 부는 것도 금물이다.

음식

환자가 먹거나 마시게 도울 때는 손으로 환자의 머리를 받치고 컵을 가만히, 하지만 충분히 기울여야 한다. 쭉 마시고 싶은데 홀짝일 수밖에 없다면 몹시 짜증스럽다.

곰국은 타피오카tapioca*를 충분히 넣으면 적당한 농도로 걸쭉하게 만들 수 있다. 타피오카는 곰국이 끓는 동안 저어야 한다. 칡가루도 같은 방식으로 쓸 수 있고 속이 편안할 때 유용하다. 그레이비에 끓인 마카로니는 영양가가 풍부하고, 채소를 먹지 못하거나 좋아하지 않을 경우 고기

* 열대작물 카사바의 뿌리로 만든 식용 녹말.

와 곁들이면 좋다. 마카로니를 그레이비에 넣어 끓일 때 잘 젓지 않으면 오래 조리해도 익지 않는다.

먹고 난 채소는 즉시 병실에서 치워야 한다. 푸른 채소류는 냄새가 고약하다.

구토증이 나면 더운 음식보다 찬 음식이 훨씬 입에 맞을 것이다. 더운 음식이 메스꺼움을 유발하면, 찬 고기완자나 삶거나 구워서 식힌 가금류에 차고 진한 화이트소스*나 곰국의 젤리형 국물을 곁들이면 된다. 심한 구토증의 경우 '브랜드Brand' 소고기 농축액이나 진한 고기 젤리를 소량 넣고 얼음덩이를 넣어도 좋다. 아무것도 못 먹을 때 유일하게 먹을 수 있기에 유청 역시 구토증에 매우 유용하다. 맛없어 보이지만 심한 구토증이 나도 목구멍으로 넘길 수 있고 영양가가 무척 많다.

방광에 문제가 생기면 우유 식이요법을 권고받는 일이 다반사다.

간병인은 우유배달원을 직접 만나, 한 마리에서 갓 짠 젖을 가져오도록 부탁해야 한다. 우유가 배달되면 낙농장

---

*   버터, 밀가루, 우유를 넣은 걸쭉한 소스.

에서 크림을 만들 때 사용하는 것 같은 평편한 냄비에 붓는다. 이 냄비는 서늘한 곳에 두어야 하며 비울 때마다 잘 데워야 한다.

간병인은 우유 지방을 세심하게 걷어야 한다. 환자가 크림을 먹으면 안 되기 때문이다. 우유 컵은 온수에 넣었다가 환자에게 주어야 새 우유 같은 온도가 된다. 이 우유 요법은 흔히 이용되는 아주 소중한 방법이다. 하지만 우유를 가열하면 안 되고, 이 식이요법이 진행되는 동안 환자가 몸을 따뜻하게 유지하고 한기를 느끼지 않아야 한다는 점을 간병인은 명심해야 한다. 병 자체가 한기를 일으키고 식이요법이 기운을 빼므로 환자는 몸을 따뜻하게 덮어야 하고 실내 온도는 일정하게 유지되어야 한다.

치료법

공기쿠션과 물 쿠션은 오래 병상을 지켜온 환자들에게 큰 도움이 된다. 물 쿠션이 더 편안하고 건강에 좋지만 공기쿠션보다 차갑다. 각각 무명과 리넨 커버를 씌워야 한다. 물 쿠션은 뜨겁지 않은 제법 따끈한 온수를 채워야 한다. 그러지 않으면 아주 차가워진다. 물침대도 마찬가지다. 물침대의 물은 3주마다 갈아야 하고, 침대와 쿠션 모두 공기와 물을 꽉 채워야 한다. 환자가 앉거나 누우면 쉽게 내려앉을 수 있는데 환자 자신 외에는 얼마나 팽팽해야 편안한지 정확히 알 수가 없다.

관장은 지속적으로 간병인들이 해주지만, 환자에게 너무 고통스러울 수 있으니 처음인 듯 과정을 간단히 적어보겠다. 물의 온도가 적당하면 비누, 기름, 칡가루나 지시받은 재료와 섞고, 관장기를 한두 차례 채웠다 비운다. 그런 다음 파이프와 튜브를 물속에 넣고, 한 손으로 관장기를 꾹 눌러 공기를 다 뺀다. 이제 관장기에서 손을 떼서 용액이 채워지게 하고, 튜브와 파이프를 물 밑에 두면서 관장기가 잘 채워졌는지 만져본다. 파이프에 기름칠해서 위치를 잡으면, 튜브와 파이프의 한쪽 끝을 계속 물에 담근 채로 관장기를 일정하게 눌러 용액이 다 나오게 해야 한다. 이렇게 하면 환자의 몸에 공기가 들어가지 않는다.

심하게 힘주느라 환자가 고통스러워하면, 뜨거운 수건을 그 부위에 대면 편안해진다. 피부는 몹시 약하므로 처음에는 수건이 너무 뜨거우면 안 되고, 차츰 간병인이 수건을 뜨겁게 만들어야 한다.

일 년 중 언제라도 쉽게 난로를 피울 수 있어야 한다. 거의 모든 간병에서 온수, 뜨거운 면포, 찜질약이 급작스럽게 필요해지고, 준비되는 시간에 비례해서 환자가 편안해진다. 심한 두통은 손발을 몹시 뜨거운 물에 담그면 없어지지 않더라도 완화된다. 끓을 만치 뜨거운 물로 머리를 스펀지로 닦으면 큰 도움이 되고, 심한 신경성 두통에는 뒷목에 겨자 잎을 붙이면 완화된다. 환자가 기운이 없고 초조할 때는 등과 팔다리를 뜨거운 물과 스펀지로 닦아주면 편안해진다. 심지어 잠에 빠져도 간병인은 환자가 조는 동안 스펀지로 닦는 단조로운 동작을 계속해야 한다. 하지만 이 경우에 대비해 온수를 바꿔줄 사람을 가까이 대기시켜야 한다. 환자가 갑자기 등이나 옆구리의 심한 통증을 호소하면, 간병인은 의사가 오기 전이라도 얼른 찜질약과 뜨거운 습포제를 발라줘야 한다. 그런 통증은 흔히 체내 염증의 시작을 의미하므로 지체 없이 온찜질을 해야 한다.

면포를 적실 물은 손을 담그지 못할 정도로 뜨거워야 한다. 따라서 14인치에서 18인치 길이의 막대기 두 개와 면포 서너 장을 갖춰야 한다. 면포의 양쪽 끝을 막대기가 들어가게 박음질한다. 면포를 물에 담그고 막대기들을 들고 있다가, 면포가 푹 잠기면 양 끝에 막대기를 넣어 면포를 쥐어짠다. 충분히 물이 빠지면 얼른 막대기들을 면포에서 뺀다. 이런 식으로 하면 간병인이 화상을 입지 않고도 면포를 무척 뜨거운 상태로 짤 수 있다.

아마씨 찜질약은 너무 딱딱하고 뻑뻑해서 곧 식고 무거워진다. 난롯가에 대야를 놓고 아마씨를 담은 후, 끓는 물을 부어 나무주걱으로 크림처럼 부드러워질 때까지 저어야 한다. 모슬린(완전히 새것이 아닌 게 더 좋다)을 옆에 두었다가 아마씨를 거기에 붓고 양쪽 끝을 접는다. 면포를 찜질약 위에 놓고, 때로 명주유포를 면포 위에 올리기도 하지만, 그러면 찜질약이 무거워진다. 찜질약을 제거한 후 그 부위를 미지근한 수건으로 닦거나 톡톡 두드리고, 찜질약을 붙였던 자리에 약솜을 올린다.

약솜은 류머티즘에 가장 유용하다. 항상 쓰기 전에 불 가까이 놓아야 한다. 따뜻하면 원래 크기의 두 배로 커진다. 따라서 불에 너무 가까이 두지 않도록 유의하지 않으면 순식간에 불이 붙는다. 도찰제*를 따뜻하게 쓰려면 병을 온수에 담그는 게 최선책이다. 도찰제를 불 옆에 두었다가 가

열되면 마개가 솟고 병이 흔들려 내용물에 불이 붙는다. 불
꽃은 금방 꺼지지만 놀라운 돌발 상황이 일어난다. 병을 온
수에 담그면 상표가 떨어지기 쉽다. 색색의 실을 병목에 묶
어야 간병인은 환자가 쓰는 약을 혼동하지 않을 것이다. 아
편제를 도포한 솜*은 중증 류미티즘을 편안하게 한다.

　　뜨거운 왕겨나 소금 주머니는 통증을 완화시킨다. 주
머니는 면포로 만들어야 하고, 덮을 부위에 맞는 모양이어
야 한다. 주머니 속을 너무 꽉 채우면 안 된다. 소금을 넣으
면 열기를 머금으니 부엌 오븐에 넣어 가열하면 된다. 왕겨
는 아주 금방 식으므로 옆방에서 냄비에 담아 난롯불에 올
려 데운다. 왕겨를 가열하는 동안 휘젓고, 불꽃이 튀지 않
게 주의하면서 조심스레 주머니에 담는다. 작은 불꽃은 쉽
게 못 볼 수 있으므로 무척 세심하게 해야 할 일이며, 왕겨
는 열기로 생긴 연기만 지닌 채로 주머니에 담겨야 한다.
하지만 시간이 지난 후 환자는 찜질 주머니가 점점 뜨거워
지는 걸 느끼고, 결국 옷에서 연기가 나다가 천천히 잦아드
는 걸 깨닫는다. 류머티즘 관절염의 경우 환부를 솜으로 덮

*　　통증을 완화시키기 위해 바르는 약.

고 솜은 명주유포로 덮는다. 솜을 계속 새것으로 교체해야
하고, 걷어낸 솜을 짜면 식은땀이 흘러나오기 마련이다. 류
머티즘은 발진이나 붉은 기가 보이지 않아도 심한 피부염
을 일으킨다. 연고와 비누가 효과가 없으면 물에 녹인 붕산
이 염증을 누그러뜨리곤 한다. 위중하든 가볍든 질환은 환
자의 소변에 영향을 준다. 따라서 간병인은 깨끗한 뚜껑 달
린 용기에 소변을 받아 반드시 의사에게 보여야 한다.

   반창고를 붙여야 할 때는 반창고의 양 끝만 젖도록 유
의한다. 자주 있는 일이지만 반창고 전체가 젖으면 득보다
실이 많으니 떼는 편이 더 낫다. 붕대용 면이든 뭐든 염증
을 덮어 반창고가 염증에 직접 닿지 않게 해야 한다. 염증
주위가 약하므로 반창고는 확실하면서도 살포시 붙여야 한
다. 피부가 쓰라릴 것 같으면, 피부가 단단해지도록 약한
부위를 브랜디와 물로 씻고 항상 세심하게 건조해야 한다.
실제로 쓰라리거나 욕창 형태의 증세가 있으면, 소형 패드
를 쓰면 상당히 편안해진다. 이것은 리넨이나 비단을 씌운
약솜 깔개로, 양 끝을 모아 꿰매면 큰 티눈 같은 형태가 된
다. 구멍 크기는 쓰라린 부위에 맞추고, 패드는 온전한 살
갖만 접촉해야 한다. 반창고 끈을 십자로 매서 고정하고,

끈의 양 끝을 따뜻하게 해서 피부에 잘 붙게 한다. 이런 패드는 종기에 대단히 유용하다.

붕대가 필요하면 아주 탄탄하게 말아진 것을 써야 한다. 매끈하다면 평범한 수건을 써도 좋다. 단단하고 매끈하게 감아 핀을 꽂아야 필요한 경우 사용하기 좋다. 간병인은 왼손으로 리넨 뭉치를 잡고, 끄트머리는 오른손으로 쥐고 펼치면서 당긴다. 붕대가 크면 안전핀으로 고정한다(미국식 핀이 가장 좋다). 작은 붕대라면 팔다리나 관절이 잘 감길 때까지 둘둘 말다가 꿰매면 된다.

말기 암의 경우 뼈가 골절되기 쉽다는 점을 간병인은 염두에 둬야 한다. 그런 환자들을 옮길 때 극도의 주의가 요구된다. 아무리 조심해도 팔다리가 골절되기 일쑤다. 병이 온몸에 퍼지면 팔다리 골절로 인한 통증은 미미하긴 해도 불편하고 불쾌해서 이미 고통스러운 생활에 괴로움을 보탠다.

환자를 옮길 때 신경 써서 잠옷을 평편하게 팔 아래로 모아 쥐어야 한다. 리넨의 작은 주름이 무슨 해가 될까 싶어도, 작은 주름이 간병인의 팔에 눌리면 살갗이 빨개지고 눌린 자국이 생긴다. 병들면 피부가 약하고 특별한 경우 무척 예민하다는 점을 명심 또 명심해야 한다.

불안

환자가 불안해서 동요하면, 간병인이 별다른 의도나 노력 없이 손을 잡고 나직한 말로 달랠 수 있다. 하지만 계속 환자를 눈여겨보면서, 환자가 달래지지 않으면 차츰 목소리를 낮추어야 한다.

불안한 이들은 심한 구타를 당한 듯이 화들짝 놀라면서 깨곤 한다. 한참 지나야 차분해질 수 있고, 잠들 때마다 다소 격하게 놀란다. 브랜디 한 숟가락을 넣고 저은 우유 한 컵을 마실 수 있다면 좋은 치료법이다. 환자가 잠들기 전에 마셔야 하고, 며칠 밤 계속 마시면 불안해서 놀라는 증세가 멈출 가능성이 있다.

또 다른 괴로운 불안증은 발작적인 경련이다. 신경쇠약 환자들은 깬 상태에서도 자주 그런 증세를 보이고 이것은 일종의 떨림과 공포를 일으킨다. 간병인이 팔다리를 부드럽게 문질러 이 불안한 상태를 완화시킬 수 있다. 능숙한 안마는 환자를 진정시키고 수면을 유도한다. 이런 안마는 의도적으로 명확하게 실행해야 한다. 흐지부지하게 하면 안 된다. 환자는 간병인의 손이 정확히 언제 어디에 닿을지 알아야 한다. 갑자기 휙 문지르지 말고 천천히 부드럽게 손을 위아래로 움직인다. 안마는 진짜 기술이며, 다른 치료법이 실패했을 때 전문 안마사가 편안하게 해주는 경우도 많다. 하지만 간병인 누구나 안마를 할 수 있어야 하고, 손가락을 이용해 환자를 부드럽고 편안하게 만져야 한다. 심한 신경성 두통은 연민이 담긴 느린 손길로 사라질 수도 있다.

병실 생활의 기본인 조용하고 차분한 분위기는 환자가 히스테리를 부릴 때야말로 가장 필요하다.

선의가 넘치는 간병인도 히스테리 발작을 하는 환자를 완벽하게 차분히 대하기란 쉽지 않다. 그러려고 애쓰면 간병인은 자주 부자연스럽게 진지하거나 명랑하게 대하고, 둘 다 발작을 심화시킨다. 간병인은 히스테리 발작을 하는 환자에게 말을 붙여도 안 되고, 쳐다봐서도 안 된다. 소금, 냉수, 탄산 암모니아 등을 주면서 최대한 말없이 자연스럽게 굴어야 한다. 몇 마디 말하더라도 최소화하고 가능한 한 흔히 있는 일인 듯 처신한다. 유쾌하게 대해도, 질책해도 안 된다.

마음이 동요될 위험에 처했다고 느끼면 즉시 방에서 나와야 한다. 잠깐 나가서 소금 냄새를 맡으면 신경이 진정

된다. 하지만 물러나지 않으면 환자의 발작은 훨씬 더 길어진다. 대처할 방도가 없으면 간병인이 병실 밖에 있는 게 더 낫다. 아마추어 간병인일 경우에는 특히 그래야 한다. 숙련된 간호사들은 쉽게 영향을 받지 않는다.

인후염의 경우, 특히 디프테리아의 징후가 있으면 간병인은 각별히 주의해야 한다. 의사가 물에 희석한 염화철 몇 방울을 목에 넣어주겠지만, 간병인은 의사가 올 때까지 기다리면 안 된다. 매 시간 환자의 목구멍을 들여다보고, 흰 막이 형성될 기미가 조금이라도 보이면 즉시 목구멍 브러시로 걷어내야 한다. 브러시를 사용한 후에는 무척 세심하게 씻어야 한다. 목구멍에서 걷어낸 막이 브러시 털에 딱 달라붙으니, 완전히 제거한 후에 세척한다. 얼음덩이를 자주 주어야 한다. 이 경우 얼음이 목구멍에 강장제 역할을 하고, 인후통이 극심할 때 환자에게 큰 도움이 된다.

심한 구역질의 경우에도 얼음이 대단히 유용하며, 모든 음식을 얼려야 한다. 얼음덩이를 뒷목에 대면 심한 증세는 멈춘다. 이런 상황에서 환자가 구토하고 싶을 때 오존수가 섞인 얼음물로 입을 헹구면 구토가 멎기도 한다.

구토증은 심한 갈증을 일으키고, 뭐든 마시면 다시 구

토증이 생긴다. 간병인은 환자의 입술과 혀까지 레몬즙과 물로 적셔주어야 한다. 구토증에 시달리는 환자는 음식을 보거나 냄새 맡으면 안 되고, 손수건이나 수건은 청결해야 한다. 실제로 구토가 멈추어도 음식을 보거나 냄새 맡으면 다시 구토증이 일이날 수 있다.

결론

환자가 사망하면, 간병인이 도울 일이 있더라도 필요한 경우가 아니면 고인의 병상 옆에 있으면 안 된다는 점을 명심하자. 간병인의 존재감을 최대한 드러내지 말아야 한다. 모든 면에서 임무를 잘 해낸 간병인이라면 모두가 자신에게 의지한다는 사실을 안다. 하지만 침묵하면서 어떤 의견이나 제안도 제시하지 말아야 한다. 친척들이 고인의 눈을 감기거나 입을 다물어주려고 하지 않더라도 간병인이 나서면 안 된다.

간병인에게 그런 마지막 의무들이 맡겨지면 가능한 한 조용히 눈에 띄지 않도록 준비해야 한다.

이런 지적들이 불필요할 것 같아도, 나는 경험상 숙련

된 간병인뿐 아니라 아마추어 간병인도 죽음 앞에서 소란을 떨면 흉하다는 점을 명심해야 한다는 걸 배웠다.

고통받는 이를 지켜보고 함께 고생한 사람들은 죽음이 왔다는 사실을 알면 처음에는 안도한다. 하지만 망자를 단장하는 끔찍하고 비현실적인 수의 때문에 평화로운 분위기가 깨진다. 머리 주변에 장식 구멍이 난 흰 리넨 띠 대신 보드라운 비단 손수건을 놔둔다면, 살아 있는 동안에 입던 따뜻한 색의 가운을 수의로 입힌다면, 마지막 시간이 고통스러운 인상을 남기지 않으련만.

공들여 세심하게 염하고 깨끗한 흰옷을 입히고, 머리에 비단 손수건을 둘러 완전히 반듯하지는 않게 낮은 베개에 눕힌 후 덮개를 몸 위에 덮는다. 그러면 밖에 있던 친척들이 돌아와, 사랑했던 모습은 아니어도 오래 뇌리에 남아 소중한 추억을 망치는 섬뜩한 광경에 충격받을 일은 없다.

《병실 노트》를 소개하며

마크 핫세

버지니어 울프는 《자기만의 방》에서 "여성이라면 어머니를 통해 되돌아본다"고 썼다. 그런데 울프를 '되돌아보게' 하는 어머니는 어떤 사람이었을까? 울프의 《아픈 것에 관하여》와 줄리아 스티븐의 《병실 노트》를 한 권에 담으니, 울프가 막 열세 살일 때 세상을 떠난 어머니와 울프의 대화를 듣는 특별한 기회가 생겼다. 스티븐의 세세한 지침—병자를 돌보게 된 이들을 위한—은 유명한 딸의 글쓰기 특징인 위트와 예리한 관찰력을 담고 있다. 《병실 노트》역시 울프가 《아픈 것에 관하여》에서 피력한, 병이 우리의 인식에 영향을 미치는 양상을 조명한다. 《아픈 것에 관하여》에서 울프는 병치레하는 동안 "매일 육체가 겪는 드라마"에 문학이 무심하다고 한탄한다. 《병실 노트》에는 그육체를 돌보는 간병인 앞에서 시시각각 펼쳐지는 드라마에 대한 코멘트가 넘쳐난다.

1939년에 시작한 회고록 〈과거 스케치A Sketch of the

Past〉에서 울프는 어머니가 "유년기라는 대성당의 중심"에 있다고 묘사한다.[1] 이 중심은 울프의 1927년 소설 《등대로》에서 램지 부인의 성격으로 표현된다. 울프는 소설의 첫 부분을 집필하면서 《아픈 것에 관하여》를 썼다. 줄리아 스티븐처럼 램지 부인은 여덟 자녀와 성미 급한 남편을 포함해 수많은 하인과 손님이 머무는 가정을 관장한다. 줄리아처럼 램지 부인도 살림 외에 가난한 병자들을 방문하는 다양한 자선활동을 해야 한다. 울프의 어머니는 인생 초년부터 그런 생활을 했다.

줄리아는 1846년 인도에서 의사인 존 잭슨과 마리아 패틀의 셋째 딸로 태어났다. 1848년 어머니와 영국으로 돌아와, 이모부 헨리 토비 프린셉의 '리틀 홀랜드 하우스Little Holland House'와 또 다른 이모 줄리아 마거릿 카메론의 와이트 섬 자택 '프레시워터Freshwater'를 자주 찾은 화가들, 시인들, 소설가들, 철학자들 속에서 성장했다. 선구적인 사진가였던 줄리아 마거릿 카메론이 조카 줄리아를 찍은 사진들은 그녀가 절세미인의 명성을 얻는 데 일조했다.[2] 마리아 패틀은 관절염을 앓았고, 장녀와 차녀가 혼인한 후 열여섯 살인 줄리아가 간병인 겸 치료법을 찾아다니는 여정의 동반자가 되었다. 치료 목적으로 떠난 베니스에서 줄리아는 젊은 변호사 허버트 더크워스를 만났고 1867년 스물한 살의 나이에 결혼했다. 같은 해 울프의 아버지 레슬리 스티븐은 소설가 윌리엄 메이크피스 새커리의 딸 미니와 혼인했다. 줄리아와 허비드 더크워스의 목가적인 결혼 생활은 그녀가 셋째 아기를 임신한 스물네 살 때 끝났다. 허버트가 나무에서 무화과를 따려고 몸을 뻗었는데 종기가 터져 곧 사망한 것이다. 6주 후 제럴드가 태어났고, 그런 상황 탓에 줄리아는 절망감을 드러낼 수가 없었다. 허버트의 갑작스러운 죽음은 그녀를 '메말라가게' 했지만, 그녀는 아기를 위해 '버텨야' 했다. 그녀는 레슬리 스티븐에게 이렇게 쓴 바 있다.

"본모습을 내보일 수 있었다면 개인적으로 나 자신에게 더 좋았을 테지요……. 혼자 있을 수 없었고 가끔 그게 너무 괴로웠습니다."[3]

허버트와 사별한 후 그녀는 신앙심을 잃었고, 레슬리 스티븐이 불가지론不可知論에 관해 쓴 영향력 있는 에세이들을 읽으면서 공감하고 용기를 얻었다. 레슬리 스티븐은 1862년 케임브리지 대학교에서 사임했다. 국교회의 임명을 받아야 한다는 대학 측의 요구에 그가 종교적인 의심을 거두지 못했기 때문이다. 1866년까지 그는 「프레이저스 매거진Fraser's Magazine」에 정기적으로 종교 관련 글을 게재했다.

1875년 11월 27일 저녁, 줄리아는 미니와 레슬리 스티븐의 집을 방문했다. 미니의 자매인 애니와 친한 사이로, 작가인 애니의 소설과 에세이의 편집을 자주 도왔다. 다음 날인 레슬리의 마흔세 살 생일에 미니는 둘째 아기를 임신한 채 뇌졸중으로 죽었다. 이후 2년간 줄리아와 레슬리는 친구가 되었고 함께 불가지론을 신봉하면서 배우자들을 애도했다. 우정이 싹틀 무렵부터 줄리아는 재혼 의사가 없음을 분명히 밝혔다. 하지만 시간이 흐르면서 레슬리와 사랑에 빠졌고, 1878년 결혼에 동의했다. 결혼식은 3월 7일로 예정했지만, "우리는 (아마도) 26일까지 식을 미뤄야 하네. 〔줄리아가〕 갑자기 이모부의 임종 자리에 불려갔거든. 그녀에게 아버지와 다름없는 분이셨어"라고 레슬리는 절친인 찰스 엘리엇 노턴에게 편지를 보냈다. 노턴은 미국의 지성인이자 하버드 대학교의 예술사 교수였다. 이런 상황이 줄리아에게 별나지 않다고 레슬리는 노턴에게 보낸 편지에서 설명했다.

"그녀가 워낙 병자 간호에 노련한지라 난 곤란에 처한 그녀의 사촌이나 이모나 숙부에게서 당장 오라는 전갈을 받을 각오를 늘 하고 있지……. 지금도 그녀의 친척 세 팀이 병치레 중이야. 늑막염에 걸린 질녀 한 명, 성홍열과 홍역에 걸린 질녀 두 명과 생질 한 명, 수술이 필요하고 모든 도움이 필요한 이모 한 명!"[4]

레슬리는 줄리아가 어머니보다 아버지를 덜 애틋해한다고 보았다. 닥터 잭슨은 '평생 하루도 앓지 않았기' 때문이다.[5]

줄리아는 '가정 내 천사'라는 빅토리아 시대 중산층 여성의 이상형을 보여주었다. 울프는 에세이 〈여성들을 위한 직업Professions for Women〉에서 이 빅토리아 시대의 유령이 항상 도움이 필요한 이들을 보살펴야 한다고 속삭이는 여성성을 죽인 후에야 원하는 글을 쓸 수 있었다고 말했다. '가정 내 천사'는 빅토리아 시대의 시인 코번트리 패트모어Coventry Patmore의 장시에 나오는 어구다. 줄리아 스티븐은 어머니의 친구였던 저자가 "혜존惠存"이라고 적어준 《가정 내 천사The Angel in the House》한 부를 갖고 있었다. 이 시대의 많은 작가들이 성별에 따른 역할을 명확히 구분하는 사

상을 부추겼다. 하지만 패트모어의 구절은 늘 자신을 뒷전
으로 미루고, 남편의 고뇌하는 이맛살을 펴주며, 단란한 가
정을 홀로 책임지는 여인의 특징인 이타심과 감성의 혼재
를 표현했다. 병자 간호는 진정한 빅토리아 시대 여인의 천
성으로 여겨졌다.

버지니아 울프는 "누가 아프거나 다른 형제자매가 곤
경에 처하면 잠깐 말고는" 어머니와 단둘이 있었던 기억
이 없었다.[6] 자매인 바네사 벨 또한 "대체로 우리는 아픈 게
좋았다"고 말했다.[7] 줄리아는 자녀들을 위해 쓴 이야기에
서 딸들의 관찰이 옳았음을 인정했다. 〈고양이의 고기Cat's
Meat〉에서 밥과 매기는 언제 어머니를 만날지 궁금해한다.
그녀가 너무 자주 집을 떠나 "가난한 사람들을 돌보러" 가
기 때문이다. 집에 있을 때도 어머니는 "자신의 일부를 다
른 곳에 두고 온 사람 같았다." 남매들은 도망칠 계획을 세
운다. 그러면 "이제 우리가 가난해지고 다른 사람들이 되
면, 어머니가 찾아와 보살펴줄 테니까."[8]

〈과거 스케치〉에서 버지니아 울프는 어머니가 "책 한
권, 그림 한 점, 어떤 작품도 남기지 않고" 세상을 떠났다고
말한다. 줄리아가 후세가 알아줄 만한 것을 남기지 않았다

는 뜻일 것이다. 어머니가 마흔아홉 살을 일기로 요절하고 10년 후, 줄리아의 네 자녀는 세인트 아이브스로 돌아갔다. 1881년부터 1895년까지 가족이 여름을 보낸 콘월의 바닷가 마을이었다. 1905년 8월의 비 내리는 날, 버지니아와 남동생 에이드리언은 15세기에 지어진 교회에서 비를 피했다. 그들이 어머니의 이름을 밝히자 노부인이 문간에서 흐느끼기 시작했다. "너무 깊은 감동을 남기셔서……." 울프는 일기에 이렇게 썼다.

"11년이 지난 후 이름이 소환한 아름다움과 자비심이 생각나 눈물을 쏟기 시작하는 모습이 내 눈에는 다른 공을 구하지 않았던 숭고한 인생에 바칠 수 있는 가장 순수한 찬사다."[9]

〈과거 스케치〉에서 울프는 1940년에도 여전히 세인트 아이브스에 존재한 '줄리아 프린셉 스티븐 간호협회'를 조성하는 방식으로 어머니에게 더 구체적인 찬사를 보냈다.[10]

줄리아는 《병실 노트》에서 "병치레 기술"로 표현한 병을 달고 사는 사람을 어려서부터 지켜보았다. 그녀의 어머니였다. 마리아 패틀 잭슨은 서너 페이지짜리 편지에서

딸에게 건강 상태를 소상히 알리곤 했다.[11] 레슬리 스티븐
은 줄리아와 결혼한 무렵, 그녀를 집안에서 누가 죽거나 병
날 때마다 맨 먼저 소환되는 "자비의 성모 동정회 수녀"로
묘사했다.[12] 줄리아가 죽고 2년 후 「간호 기록 & 병원 세계
The Nursing Record & Hospital World」에 줄리아 프린셉 스티븐
간호 기금에 기부를 촉구하는 공고가 실렸다. 1897년 5월
1일자 공고문에는 "이 숙녀에게 합당한 추모"가 병원이 없
는 세인트 아이브스에서 방문간호 서비스를 지속되게 할
것이라고 나와 있었다.[13] 레슬리 스티븐 경은 기금이 "사랑
하는 이에 대한 최고의 추모"라는 데 동의하고 이백 파운드
를 기부했다.[14]

　　줄리아 스티븐이 플로렌스 나이팅게일의 병원 활동
과 큰 인기를 모은 《간호 노트Notes on Nursing》(출간된 달에
15,000부가 팔렸다)를 익히 알았던 것은 확실하다. 플로렌스
나이팅게일은 "모든 여성은 간호사다"라고 주장했다. 왜냐
면 여인은 "평생 한 번쯤은 자녀나 환자의 건강을 책임지니
까."[15] 줄리아 스티븐도 동감이었고 《병실 노트》에 자신이
관찰한 내용과 경험을 기록했다. 그녀는 직업 간호사가 아
니고 의학 지식이 없다고 밝히면서도, 실천을 통해 배운 지

혜는 간병해야 하는 모든 사람에게 도움이 될 수 있음을 강
조했다:

　　일찍이 1820년대부터 직업 간호사 교육에 대한 논의
가 시작되었지만, 나이팅게일까지도 병자 간호는 직업보
다는 소명으로 여겼다. 그녀는 저서에 간병인이리면 알아
야 할 지식들을 기록했지만, '전문직만 가질 수 있는 의학
지식'과 구분했다. '가정 내 천사'는 타인을 보살피는 마음
을 '당연히' 가졌다. 1889년 여성들에게 투표권을 부여하면
여성 '본연의 품위와 특별한 사명'이 손상된다고 주장하는
'여성 참정권 반대 성명'이 발표되자* 울프의 어머니는 거
기에 서명했다.

　　1880년 줄리아는 「19세기Nineteenth Century」에 실린 베
서 래스버리 부인의 주장에 답하는 글을 썼고, 이 글은 출
판되지는 않았다. 래스버리는 불가지론자인 여성들은 종교
적 소명이 없기에 병실에 들어가지 않을 거라고 주장했다.
최근 미국의 정치 담론에서 재론된 이 이슈에 대해 줄리아
는 "우리는 신앙에 근거하지 않은 선행들을 찾을 수 있는

---

*　　영국 월간 문예지 「19세기」에 게재됨.

가?"라고 맞받아쳤다. 간병인의 동기는 천국의 보상이 아니라고 줄리아는 썼다.

"우리는 자매애라는 끈으로 고통받는 이들과 묶인다. 생명이 지속되는 동안 그들을 돕고 위로할 것이고, 할 수 있다면 사랑할 것이다. 연민은 교리가 아니며 고통에는 한계가 없다."[16]

그녀는 《병실 노트》에서 "질병은 죽음의 무소불위 능력을 많이 갖고 있다. 아니 그래야 할 것이다"라고 썼다. 아픈 사람은 '케이스case'이며, 한 사람이 다른 사람을 보살펴야 하는 병실에서 모든 성격 변화와 짜증스러운 습관은 잊힌다.

줄리아는 간병을 의료적 관심과 구분해, 병자를 보살핌을 받는 가장 중요한 사람으로 보는 관점을 강조한다. 그녀는 《병실 노트》에서 병자와 건강한 사람이 다르게 느끼는 부분이 있다고 말한다. 간병인은 외풍이나 냄새를 소홀히 넘기면 안 된다. 줄리아는 "병치레 중에는 사소한 것이란 없"다고 썼다. 병자가 적당한 표현을 찾기 어려워할 때 간병인은 "병이 나면 의사를 표현하려 할 때 머리가 더디게 돌아가서, 생각이 잘 나지 않는 느낌이 말할 능력을 앗아간다"는 점에 인내심을 발휘해야 한다. 나이팅게일처럼 줄리아 스티븐도 병자만이 자기감정을 안다고 강조한다. 따라서 베개들이 편해 보이지 않게 놓여도 그냥 두어야 한다. 침대에 베개들이 제대로 놓였는지 아는 사람은 병자밖에 없으니까. 줄리아는 병자에게 진실을 털어놓는 쪽을 선호한다. 그래야 병자가 재앙을 상상하며 더 큰 괴로움을 겪는 걸 막을 수 있다. 하지만 상황이 요구하면 간병인에게 "자유롭게 거짓말"하라고 촉구한다.

버지니아 울프도 거짓말 전략을 구사하는 재능을 보여주었다. 1906년 남자 형제인 토비가 죽은 후 한 달간 그가 회복 중이라고 주장했다. 죽은 토비와 똑같이 장티푸스를 앓는 친구 바이올렛 디킨슨에게 보낸 편지들에서 울프는 '큰 변화는 없다'고, 토비가 '나아지고 있다'고, 간병인들이 양고기를 못 먹게 한다고 불평한다고 썼다. 바이올렛이 우연히 신문에서 토비의 사망 소식을 보자, 울프는 12월 18일자 편지에 "거짓말을 늘어놓은 내가 미워? 그럴 수밖에 없었다는 걸 넌 알 거야"라고 썼다.[17] 1906년 이미 시작했을 것으로 짐작되는 첫 소설에《병실 노트》에 설명된 간단하고 현실적인 간호 장면이 등장한다. 나중에 쓴《댈러웨이 부인》의 주인공을 소개하는 대목이다.

창백한 고통이 넘실대며 댈러웨이 부인 위로 흘렀다. 커튼
이 펄럭일 때 회색 빛줄기가 그녀 위로 지나갔다. 폭풍우
가 일었다 가라앉는 사이, 헬렌은 커튼을 젖히고, 베개들
을 털고, 침구를 쭉쭉 펴고, 뜨거운 콧구멍과 이마를 약한
향수로 닦았다.

"잘하네!" 클라리사가 헐떡이며 말했다. "엉망진창인데!"
그녀는 속옷이 바닥에 떨어져 흩어졌다고 사과하려 했다.
잠깐 한쪽 눈을 뜨니 방이 말끔해 보였다. "좋네." 그녀가
헐떡이며 말했다.

_《출항》

울프의 첫 전기 작가 위니프레드 홀트비는 《병실 노
트》를 읽자마자 '버지니아가 타고난 글쓰기 소질을 부친
못지않게 모친에게서도 물려받았다는 명확한 증거'임을
알았다. 병상의 부스러기에 관해 줄리아가 쓴 놀라운 구절
은 과학적 설명을 비껴가긴 해도 버지니아 울프가 쓴 글이
라 해도 믿을 만했다. 딸처럼 "스티븐 부인 역시, 사물들의

기원은 밝히면서도 부스러기의 출처는 그럴듯하게 설명하지 못하는 철학자들의 소견을 들을 기회가 많았을 것"이라고 홀트비는 말한다.[18] 19세기 후반의 이 불가지론자 여성이 침대 속 부스러기의 출처를 설명하지 못하는 지식인들을 가볍게 조롱하는 모습에서 딸의 페미니스트 코미디가 엿보인다. 《자기만의 방》에 나오는 대목에서 줄리아식 유머를 들을 수 있다.

"그런 노신사들은 얼마나 많은 생각을 할까! 그들이 다가가면 무지의 경계선들이 얼마나 움츠러드는지! 고양이는 천국에 가지 않는다! 여자들은 셰익스피어 희곡을 쓰지 못한다!"

∽

버지니아의 사망 후 쓴 간단한 회고록에서 언니 바네사 벨은 스티븐 사남매가 기침을 해서 같이 간호를 받던 시기를 회고했다.

"나머지는 곧 회복했지만, 내가 보기에 버지니아는 달랐다. 그 아이는…… 급히 새로운 의식에 들어갔고 이제껏

닫혀 있던 온갖 질문과 가능성을 갑자기 인식했다."

　울프는 《아픈 것에 관하여》를 쓰던 시기에 비타 색빌
웨스트와 격렬한 사랑을 나누었고, 일기에 그녀가 "무슨 연
유인지 내가 늘 모든 이에게 바라는 모성애를 내게 쏟는다"
고 썼다.[19]

　자주 부재했던 어머니는 《병실 노트》에서 "무력한 이
들이 안고 사는 많은 공포"를 언급한다. 울프 전문가 제인
마커스는 이 빅토리아 시대 여인은 가정의 바깥세상, 심지
어 건강한 여성조차 '무력하다'고 느낄 만한 세상에서 허
락되지 않던 힘을 병실에서 행사할 수 있었다고 지적한다.[20]
문학비평가 킴벌리 코티스는 울프의 《아픈 것에 관하여》
가 상상 속 '병치레 기술'의 가능성을 선호해서 어머니의
'간병 기술'을 거부한다고 추정한다.[21] 울프가 《아픈 것에
관하여》를 쓰면서 《병실 노트》를 특별히 회고하지는 않았
지만, 《등대로》를 쓰기 시작할 때 어머니를 염두에 둔 것
은 누구나 안다. 예를 들어 그녀는 소설 집필을 시작하면
서 1905년 콘월 일기를 마음에 두고 있었다. 색빌웨스트에
게 일기를 자택이나 언니 바네사의 집에 두고 왔을 거라고
편지를 보냈으니까. 그 글이 울프가 《등대로》를 쓰기까지

'집착했다'고 말하는 어머니의 목소리를 들려주므로 《병실 노트》는 《아픈 것에 관하여》와 같이 읽으면 유용한 글이다. 또 간호 역사의 중요한 단편이고, 오늘날의 간병인들을 위한 지침서이자, 20세기 가장 위대한 소설가 중 한 명의 전기에 매혹적인 문건이기도 하다.

글 쓴 이 | **마크 핫세**Mark Hussey

「울프 연구 연감Woolf Studies Annual」의 창립 편집자. 《버지니아 울프 A부터 Z까지Virginia Woolf A to Z》를 포함해 버지니아 울프에 관한 서너 권의 책과 기사를 쓰고 편집했다. 미국에서 울프의 작품들에 주석을 단 하코트 에디션의 편집자이며 케임브리지 대학교 출판부의 편집위원이다. 뉴욕의 페이스 대학교에서 학생들을 가르치고 있다.

주

줄리아 스티븐의 《병실 노트》는 1883년 런던의 Smith, Elder & Co.가 출간했다(샬롯 브론테의 책을 출간한 조지 스미스는 레슬리 스티븐의 가까운 친구였다). 콘스탄스 헌팅이 서문을 쓴 판본이 1980년 메인주 오로노의 Puckerbrush Press에서 출판되었다. 이 글은 1987년 다이앤 F. 길레스피와 엘리자베스 스틸이 편집하고 시러큐스 대학교 출판부가 출판한 《줄리아 더크워스 스티븐, 어린이들을 위한 이야기들, 어른들을 위한 에세이들 Julia Duckworth Stephen, Stories for Children, Essays for Adults》에도 포함되어 있다.

1 Virginia Woolf, "A Sketch of the Past," *Moments of Being*, ed. Jeanne Schulkind, San Diego: Harcourt, 1985 ["Sketch"], 81.

2 그 예를 다음에서 찾아볼 수 있다. Julia Margaret Cameron, *Victorian Photographs of Famous Men & Fair Women* (1926), London: Hogarth Press, 1973.

3 *Sir Leslie Stephen's Mausoleum Book*, with an introduction by Alan Bell, Oxford: Clarendon, 1977 [*Mausoleum*], 40. 레슬리 스티븐은 아내가 죽고 2주 동안 자녀들에게 결혼에 대해 장황하게 설명하기 시작했다. 이것이 가족 내에서 '마우솔레움 북 The Mausoleum Book'으로 알려지게 되었다.

134

4   Letter to Charles Eliot Norton, 4 March 1878, *Selected Letters of Leslie Stephen*, Vol. I: 1864–1882, ed. John W. Bicknell, Columbus: Ohio State University Press, 1996 [Bicknell], 230.

5   *Mausoleum*, 27.

6   "Sketch," 83.

7   Vanessa Bell, *Notes on Virginia's Childhood*, New York: Frank Hallman, 1974 [Bell], unpaginated.

8   줄리아 스티븐의 출판된 글들과 출판되지 않은 글들을 이 책에서 만날 수 있다. *Julia Duckworth Stephen, Stories for Children, Essays for Adults*, ed. Diane F. Gillespie and Elizabeth Steele, Syracuse: Syracuse University Press, 1987 [Gillespie and Steele]. 나처럼 줄리아 스티븐에 대해 글을 쓰는 사람은 누구나 이 책에 신세를 질 것이다.

9   Virginia Woolf, *A Passionate Apprentice: The Early Journals, 1897–1909*, ed. Mitchell A. Leaska, San Diego: Harcourt, 1990, 285.

10 "Sketch," 131.

11 Panthea Reid, "Appendix A: Virginia's Childhood and Her Grandmother's Letters," *Art and Affection: A Life of Virginia Woolf*, New York: Oxford University Press, 1996, 458.

12 *Mausoleum*, 40.

13 *The Nursing Record* & *Hospital World* (1 May 1897),

http://tiny.cc/5pu8iw, 18 August 2012.

14 *Mausoleum*, 40.

15 Florence Nightingale, *Notes on Nursing: What it is and what it is not* (1859), New York: Dover, 1969, 3.

16 "Agnostic Women," in Gillespie and Steele, 243.

17 *The Flight of the Mind: The Letters of Virginia Woolf*, Vol. I: 1888–1912, ed. Nigel Nicolson and Joanne Trautmann, London: Hogarth Press, 1975, 247–266.

18 Winifred Holtby, *Virginia Woolf*, London: Wishart, 1932, 12–13.

19 *The Diary of Virginia Woolf*, Vol. III, ed. Anne Olivier Bell, Hogarth Press, 1980, 21 December 1925, 58.

20 Jane Marcus, "Virginia Woolf and Her Violin: Mothering, Madness and Music," *Virginia Woolf and the Languages of Patriarchy*, Bloomington: Indiana University Press, 1987, 97.

21 Kimberly Engdahl Coates, "Phantoms, Fancy (And) Symptoms: Virginia Woolf and the Art of Being Ill," *Woolf Studies Annual*, 18 (2011), 1–28.

버지니아를 안고 있는 줄리아, 1884년.

맺는말

리타 샤론

《병실 노트》를 읽은 직후 《아픈 것에 관하여》를 읽으니, 일반 내과의인 나는 환자들을 진료하면서 이루려고 애썼던 내적 균형을 다시 얻게 된다. 어느 한 편의 글로는 그러지 못했을 게 자명하다. 오히려 후자는 한쪽 극단에 무게를 두었을 것이다. 아니면 전자는 진료하면서 오가는 정반대 요인들을 강조해서, 의사나 간호사나 사회복지사나 치료사가 추구하는 지식과 감정, 특별한 것과 일반적인 것, 사적인 것과 공적인 것, 위태로운 것과 안전한 것, 몸과 자아의 균형 유지를 더 어렵게 했을 것이다. 하지만 두 글을 합하니 모녀는 내가 진료하는 환자 앞에서 느끼는 '바로' 그것을 놀랍도록 의식하게 했다.

　　어머니 쪽부터 시작해보자. 자신의 간병 경험과 다른 노련한 간병인들의 예리한 관찰에 타당성을 부여하려 애쓰면서, 질병과 죽음의 "무소불위 능력"에 대한 몇 가지 주요 개념들, 간병 기술에 비례하는 즐거움, 환자와 간병인의 관계가 사적인 사이가 아닌 '케이스'라는 관점을 이야기한다. 스티븐은 이 세 가지 개념을 다루면서, 이상적인 간병인상을 생의 유한성을 이해하고 겁내지 않으며 간병 요령에서 즐거움을 얻고 환자에게 큰 관심과 훈련된 겸손한 태도를 취하는 사람으로 복잡하게 묘사한다. 잘난 체하거나 아첨하지 않으며, 업무를 과장하거나 비하하지 않고, 아리스토텔레스 식으로 평범한 미덕의 습관으로 여긴다. 스티븐은 에세이를 마무리하면서("환자가 사망하면") 이 주제들로 돌아가 죽은 환자를 살아 있을 때와 똑같이 침착하게 대하는 겸손하고 노련한—부산스럽지 않고 겁내지 않으며 불필요한 존재처럼, 필요할 때조차 불필요한 존재처럼 처신하는—간병인의 명확한 상을 독자에게 각인시킨다.

에세이의 나머지는 환자의 신체 특성에 할애한다. 계속 도덕주의자들을 괴롭히는, 사실을 밝히는 문제를 경쾌하게 다루고("자유롭게 거짓말을 해야 한다"), 병치레의 실질적인 세부사항들을 조목조목 짚는다. 침대 속 부스러기처럼 괴로운 건 없다. 모든 감각이 환자를 공격에 노출시키고, 간병인은 환자를 보호해야 한다. 심지를 끈 양초 냄새, 목욕 후 너무 뜨거운 수건, 너무 짠 곰국, 물렁한 물 쿠션, '고

요함'이 없는 병실은 환자를 괴롭히는 육체적 고통의 예들이다. 오늘날 우리는 이것을 '환자 중심'이라고 말한다. 오직 환자의 관점에서 질병의 양상들을 묘사하기 때문이다. 이것을 유독 '환자 중심'으로 만드는 것은 환자의 괴로움을 온전하고 감각적으로 상상하고 살펴주는 점이다. 숨죽은 베개가 느껴진다. 브러시로 빗을 때마다 빠져나오는 머리카락이 얼굴에 붙는다. 등을 스치는 침대보의 작은 주름이 느껴진다. 간병인은 환자의 경험에 접근하고, 보살핌을 끌어내는 것은 바로 이 접근이다.

《아픈 것에 관하여》는 독자를 반대쪽 극으로 몰아간다. 은유가 직설을 이긴다. 병자의 의식이 물리적인 특성들을 밀어낸다. 감정의 격발은 따뜻한 관장제가 아니라 변한 신체 상태로 인해 변한 정신 상태와 창의력에 쏠린다. 울프는 침대 속 부스러기보다 질병의 언어적이고 문학적인 면에 관심을 쏟는다—프루스트는 신체 상태를 묘사하는 언어는 상태 자체가 아니라 그것을 표현할 수 있는 어휘들임을 발견했다. 환자는 "한 손에는 고통을, 다른 손에는 순수한 소리 덩어리를 들고" 둘을 짓눌러서 고통을 표현할 전혀 새로운 어휘를 만든다. 이것은 꺼진 초 냄새보다는 병자가 상상할 수 있는 비유적인 어구와 관계있다. 아픈 상태인 환자에게는 창의적인 면(이게 위로상consolation prize에 대한 간절한 소망이려나?)이 있다고 추측한다. 어머니에게 육체는 보살필 곳이며, "의사를 표현하려 할 때 머리가 더디게 돌아"가는 곳이다. 딸에게 육체는 정신이 "정상에서 의기양양하고 인간이나 신의 도움이 필요치 않"은 극적인 의미를 이해하게 하는 수단이다.

어느 시점에서 울프는 동정 따윈 없다고 못을 박는다.

"우리는 타인의 영혼은커녕 자기 영혼도 모른다."

이 말로 울프는 어머니의 환자 중심적 태도를 무너뜨린다. 개인의 경험은 늘 첫 발자국이 지나는 하얀 눈밭이다.

"여기서 우리는 혼자 가고 그게 더 나은 듯하다. 항상 동정을 받으면…… 견디기 힘들 것이다."

병이 알려지거나 누가 곁에 있는 것은 방해가 되며, 병치레 경험이나 심지어 인생 경험의 중요한 부분을 없애버린다.

모녀는 알 수 있는 것에 대해 이견을 보인다. 어머니는 병자를 발끝까지 안다고 주장한다. 유능한 간병인은 환자가 신체적으로 감각하는 걸 즉시 알아차린다. 그 의미를 정확히 해석해 합당한 조치를 선택한다. 긴장, 권태, 두려움 같은 정신 상태까지도 간병인은 안다. 간병인은 바로 이런 감지를 하도록 교육받는다. 딸은 어떤 환자도 다른 환자와 비슷하지 않다고 주장한다. 타인의 경험에서 나온 증거를 근거 삼아 어떤 추측도 할 수가 없다. 병치레 경험은 일반화가 불가능하다. 질병 속에서 사람은 혈혈단신이며, 그것은 건강한 상태에서도 마찬가지일 것이다. 스티븐의 에세이가 망자와 산 자 모두에게 필요한 것을 알아서 죽음 앞에서 정확히 어떻게 할지 아는 간병인으로 끝나는 반면, 울프의 에세이는 보이지 않는 애도로 끝난다. 그것은 상상되지 않는다. 그것 때문에 혀를 차지도 않는다. 막 남편을 잃은 레이디 워터퍼드가 애통해서 무거운 플러시 커튼을 움켜쥐었던 오랜 흔적이 지나가던 장례객의 눈에 띈다. 남편을 잃은 여인과 어쩌면 작가는 그들의 애도 속에 보이지 않게 남는다.

　　두 글은 논의의 수준뿐 아니라 형식의 수준도 상이하다. 스티븐은 날카로운 처방 어법을 구사한다. "침대에 앉지 마라." 일반적으로 의료인을 위한 규정집이나 안내서 같은 글은 임상 증거를 토대로 발견한 사실들의 타당성을 통렬한 어조로 주장한다. 울프는 처음부터 즉흥적이고 준비되지 않은 연구자, 탐구자의 목소리를 들려준다. 그녀가 읽은 해클루트*의 엘리자베스 시대 묘사에 나오는 용감한 해양인 같은 목소리다. 비유 어구가 분당 1마일을 날아다니고, 시인과 소설가의 이름이 무수히 등장한다. 학구적이지 않은 글이 뇌에서 뜨겁게 분출하는 것처럼 깊은 내면에서 나오는 서술 같다.

두 글은 내용과 형식 모두에서 질병의 정반대 개념을 지지하는 모양새다. 둘 다 유능한 임상의가 필요하다는 생각이 든다. 많은 이들이 병들고 죽는 것을 지켜보는 데서 탄생한 지식을 내 임상에 도입하고 싶다. 나와 동료들이 경험한 것이 우리가 아픈 사람들이 겪는 일을 알게 해줄 거라 믿는다. 다음에 보살필 환자의 고통을 덜어주는 데 그 지식을 도입하면 좋겠다. 동시에 나도 질병에 꺾여본 적이 있다. 나는 아는 게 전혀 없다는 관점을 취하게 되었다. 환자에 대해 '아무것도' 추측하지 않는 한, 도움이 될 만한 것

---

*   리처드 해클루트Richard Hakluyt. 영국의 지리학자이자 탐험가로 16세기 항해기를 썼음.

을 배울 것이다. 성별, 문화, 가족, 신앙, 질환, 체격에 기초
한 어떤 추측도 합리화할 수 없다. 아무것도. 내가 겸손할
수록 많이 배우고 더 도울 수 있다.

　　그래서 두 글이 한데 모였다. 그러니 의사, 간호사, 사
회복지사, 치료사가 이 책을 읽으면 좋겠다. 고혈압을 관리
하거나 콜레스테롤을 낮추려고 전혀 다른 기제의 약들을
섞어 쓰듯, 두 편의 글은 의료진 독자들에게 상이한 두 가
지 작용을 해서 공동의 목적에 이르게 할 것이다. 합본한
글이 전하는 '가르침'은 독자를 근본적인 무지, 알려진 병
자 수발, 자유와 미흡함 사이의 불편한 휴전이라는 임상적
입장 쪽으로 몰고 간다. 두 편이 모여서 좋은 의사, 좋은 간
병인, 좋은 치료사에게 모순되는 재료들을 공급한다. 혼자
있음과 함께 있음, 창의적인 것과 사실에 근거한 것, 겸허
함과 현란함, 독창적인 것과 전통적인 것, 내면과 외면. 병
자들에게는 아리스토텔레스가 말한 '프로네시스phronesis',
즉 실천적 지혜가 아프거나 건강할 때 각각 겪는 독특한 경
험에 대한 예리한 인식과 더불어 제공된다.

　　환자이거나 간병인인 사람, 혹은 언젠가 자신과 사랑
하는 이들이 아플 날이 올 것을 아는 사람이라면 주치의,

간병인, 치료사가 이 두 글을 같이 읽기를 바랄 것이다. 나란히 읽으면 두 글은 의료진 독자들에게 보살핌의 목표—경청하고, 인식하고, 상상하고, 예우한다는—로 향할 것을 재촉한다.

글 쓴 이

리타 샤론 Rita Charon

내과의이자 컬럼비아 대학교의 문학비평가. 서사와 의학의 접점을 연구하고 교육하는 서사의학 프로그램을 관장한다. 《서사의학: 질병의 이야기들을 기리며Narrative Medicine: Honoring the Stories of Illness》를 썼고, 《이야기가 중요하다: 의학 윤리에서 서사의 역할 Stories Matter: The Role of Narrative in Medical Ethics》을 공동 집필했다.

옮긴이 공경희

서울에서 태어나 서울대학교 영문학과를 졸업했다. 현재 전문 번역가로 활동하고 있다. 옮긴 책으로 《시간의 모래밭》, 《매디슨 카운티의 다리》, 《모리와 함께한 화요일》, 《천국에서 만난 다섯 사람》, 《벨 자》, 《파이 이야기》, 《감염체》, 《교수와 광인》, 《호밀밭의 파수꾼》, 《아들과 연인》, 《복제인간》, 《우리는 사랑일까》, 《행복의 추구》, 《행복한 사람, 타샤 튜더》, 《길리아드》, 《자기만의 방》 등 다수가 있다. 저서로 북 에세이 《아직도 거기, 머물다》가 있다.

아픈 것에 관하여
병실 노트

초판 1쇄 펴낸날 2022년 12월 20일

글쓴이.	버지니아 울프, 줄리아 스티븐
옮긴이.	공경희

편집.	김민정
디자인.	조성미
제작.	제이오
펴낸곳.	두시의나무
	경기도 부천시
	소향로13번길 14-22 8층 802호
등록.	제2017-000070호
전화.	032-674-7228
팩스.	070-7966-3288
전자우편.	dusinamu@gmail.com

ISBN   979-11-962812-7-4   03840